Hiver à Sokcho

**Elisa Shua Dusapin**

# 束草的冬天

[法]埃莉萨·秀雅·迪萨潘 著

狄 佳 译

上海译文出版社

他到的时候，人裹在羊毛大衣里，都快看不见了。

行李箱放我脚边，毛线帽摘下。西方人的脸。深色的眼睛。头发梳向一边。目光从我身上穿过，并没正眼看。他一副不耐烦的样子，用英语问是否可以在这里住几天，边住边找其他落脚点。我递给他一张表格。他把护照送到我手边，让我自己填。亚恩·凯朗，一九六八年，生于格朗维尔[①]。法国人。照片上的他似乎更年轻，两颊凹得也没现在这样深。我指了指自己的圆珠笔，让他签字，他从大衣里掏出一支钢笔。我为他登记入住的时候，他脱下手套，放在柜台上，盯着上面的灰尘，还有那固定在电脑上方的招财猫。我头一次觉得需要为自己辩解一番。这地方如此破败，可不能怪我。一个月前我才来这儿工作的。

这家民宿有两栋楼。主楼里设有前台、厨房、公共活动室，客房分两层，一间挨一间。走廊都是绿色和橙色的，灯泡都是蓝色的。朴大叔是战后一代，那时候，招揽顾客和捕捞鱿鱼是一个道理：挂上彩灯就可以了。晴天做饭时，我可以沿着海滩一直望见蔚山岩，那隆向天空的群峰，就像一叠胖女人的胸。副屋与主楼隔了几条小巷，以传统方式修缮，底层架空，方便用温炕取暖，这样那两间四面是韩纸墙板的客房才住得了人。院子里，有一汪冻住的莲池，一棵光秃秃的栗树。没有哪本旅游指南提到过朴大叔的民宿。人们要么喝多了，要么错过了最后一班巴士，才会偶然流落于此。

电脑死机了。趁它挣扎的时候，我向法国人介绍了民宿的日常安排。一般来说这件事是由朴大叔负责的。偏偏那天他不在。前台旁、玻璃门后是厨房，早上五点至十点供应早餐。吐司、黄油、果酱、咖啡、茶、橙汁和牛奶，都是免费的。水果和酸奶，一千韩元，放在烤面包机上的篮子里就可以了。衣服塞进一楼走廊尽头的洗衣机，我负责洗。无线网络密码：ilovesokcho[2]，没有空格，全部小写。二十四小时便利店，沿街走五十米就是了。过便利

---

[1] 法国西北部城市，诺曼底大区芒什省的一个市镇，隶属于阿夫朗什区。
[2] 英文，意为"我爱束草"。

店后左拐有巴士。雪岳山自然保护区,一小时车程,日落闭园。因为有雪,所以要提前准备好合适的鞋。这里叫束草,海滨度假胜地。冬天就没什么活动了,这点要注意。

当下这段时间住客很少。有一位日本登山客,还有一个女孩,年龄和我差不多,整容手术后暂离首尔来这里休养。两周前她就入住了,男朋友则是刚到,陪她一起住十天。我把他们几个全都安置在主楼里。去年朴大叔的妻子过世了,之后这家民宿一直经营惨淡。朴大叔已经清空了二楼客房里的家具。现在,算上我的屋子和朴大叔的屋子,每个房间都住着人。法国人要睡副屋了。

天色已晚。我们走进一条小巷,一直走到金阿姨的摊子边。她的绿豆煎饼散着一股大蒜气味,间或还有种令人恶心的味道,三米开外,下水道井盖处喷出的也是这股味道。薄冰在我们脚下开裂。荧光灯惨白。我们又穿过一条小巷,来到了副屋院子门口。

凯朗把门滑开。粉红色的墙漆,仿巴洛克风格的塑料边框镜子,写字台,堇紫色的被子。他头发蹭到天花板,从墙到床也就能迈开两步。我把较小的那个房间分给了他,这样打扫起来省点事。公用浴室在院子另一边,但屋子一圈都有檐廊，他不会淋雨的。那倒没关系，他不在乎雨。他仔细看了看墙纸上的瑕疵，放下行李箱，给了我五千韩元，我想退回去。他坚持给我，不愿多说。

回前台的路上，我绕道去了趟鱼市，去拿母亲给我留好的剩料。我沿着过道一直走到四十二号摊位，没去管一路上抬眼看我的那些人。父亲勾引母亲不久后离开，再无音讯，这事已经过去二十三年了，但我的法韩混血身份仍会叫人念叨。

母亲还是那样，太过浓妆艳抹，她递过来一袋章鱼仔：

"现在只有这种。你还有辣椒粉吗？"

"有。"

"我再给你点。"

"别了，还有不少。"

"你怎么没用啊？"

"我用了啊！"

在一阵窸窣声中，她戴上了那副黄色的橡胶手套，然后仔细盯着我看，似乎觉得哪里不对劲。我瘦了。朴大叔都不给我留时间吃饭，她要去找他谈。我抗议。自打工作以来,每天早上我都会狼吞虎咽地吃吐司,拿铁咖啡也会喝几升,怎么可能瘦了呢。朴大叔的确花了不少时间才习惯了我做的饭菜,但习惯之后在民宿膳食方面他一直任凭我打理。

章鱼仔很小。我一手能抓起十多只。我把它们处理了一下,加上红葱头、酱油、糖、用水调稀的辣椒粉,在锅里烧红。换成小火避免烧干。等充分收汁之后,我撒了些芝麻,把打糕切成拇指大小的圆片,也加了进去。开始切胡萝卜了。刀面上的倒影里,胡萝卜的纹路与手指皮肤诡异地融为一体。

一阵穿堂风吹过,屋里凉了下来。我转过身,看到凯朗走了进来。他想喝杯水。他一边喝一边看我的工作台,就像在看看不懂的画。我一分心,割伤了手掌。血滴在胡萝卜上,冒出小泡,结成褐不溜秋的壳。凯朗从衣兜里掏出一块手帕,走上前把它包在我的伤口上。

"要小心啊。"

"我又不是故意的。"

"幸亏不是故意的。"

他笑了,他的手压在我手上。我闪开了,有些不自在。他指了指锅。

"今晚的?"

"是的,七点钟,在隔壁餐厅。"

"有血。"

陈述,恶心,讽刺。我没明白他那语气的含义。琢磨间,他又走出去了。

他没来吃饭。

母亲蹲在厨房地板上，下巴缩进脖子，两只胳膊伸入桶中。她将鱼肝、大葱和红薯粉条混在一起准备酿鱿鱼。母亲的鱿鱼米肠号称在市里数一数二。

"你看我怎么揉的。馅料要揉匀。"

我心不在焉。汁水从桶中溅出，落在我们的靴子边，继而流向房间中央的下水道。母亲住在港口专为鱼贩预留的公寓里，就在卸货棚楼上。声音嘈杂。价格不贵。我儿时的住所。周一是休息日，我周日晚就来陪她。自打我搬走之后，她一个人睡不好。

母亲递过来一条鱿鱼，换我来填馅，与此同时，她把一只沾满鱼肝的脏手套搁在我胯上，然后叹了口气：

"这么漂亮的女人，还没结婚……"

"俊吾需要先找到一份工作。我们有的是时间。"

"谁都觉得自己有的是时间。"

"还不到二十五呢。"

"就快二十五了。"

我保证很快就会结婚，再等几个月就好了。母亲放下心，又开始忙了。

那天晚上，在潮湿的床褥上，我被她的头压着肚子，喘不过气，而她的胸膛则随着她那熟睡的身体有节奏地一起一伏。我已经习惯了一个人在民宿睡。现在，母亲的鼾声让我心烦意乱。口水从她那半张的嘴中溢出，落在我侧腰上，我一滴又一滴地数着。

次日我到海边去散步。束草市沿海而建，朝鲜就在北面，离我们只有六十公里，带电的铁丝网像是一道伤疤，割开海岸线。尽管如此，我还是喜欢这里的海边。锚地那边正在施工，一个身影被风搓弯，相当突兀。我想起了护照上的那个名字。亚恩·凯朗。他正朝我这边走来。一条狗从渔网堆后蹦出，跟着他，嗅他的裤子。工人叫狗回去。凯朗停了下来开始抚摸它，还说了几句类似于"没关系！"[①]的话，但那工人还是把狗拴了起来，于是凯朗站起身继续向前走。

他走到我附近时，我迎了上去。

"这里的冬日风光真美。"他手臂一挥指向海滩，在阵阵狂风中大声喊。

他肯定是在撒谎，但我笑了笑。码头那边，货船发出金属的啸叫声。

"您在这里工作很久了?"

"毕业之后就在这里了。"

一阵风吹松了他的毛线帽。

"您可以大点声吗?"他一边问,一边把帽子压在耳朵上。

他的脸只剩下了窄窄一条。我没有提高嗓门,而是靠得更近了。他想知道我大学读的是什么专业。韩语和法语文学。

"所以您会说法语喽。"

"也不能算会说。"

事实上,比起我们正在说的英语,我的法语水平更胜一筹,但我有些不敢在他面前说。幸亏他没有追问,只是点了点头。我本想和他讲讲我父亲的事,但我忍住了。他不需要知道。

"您知道在哪里可以买到墨和纸吗?"

一月里束草的文具店是不开门的。我给他指了指通往附近超市的路。

"您愿意陪我一起去吗?"

---

① 本书中,个别词句使用了英文,在译文中该部分用楷体表示。

"我时间不宽裕……"

他盯着我看。

我同意了。

我们穿过一片水泥地。空地中央立着一座观景台，从那里传来某位韩国流行歌手的低吟。在城里，脚踏黄靴子、头戴绿鸭舌帽的餐馆老板站在鱼缸前比画，想要吸引我们的注意力。凯朗走在束草街道上时，似乎对蟹以及粘在玻璃缸壁上的那些触手吸盘毫不在意。

"您冬天来束草做什么？"

"我需要安静。"

"那您真是选对了城市。"我开起了玩笑。

他面无表情。也许他嫌我烦。但是，我心想，他情绪好坏与否，责任不在我，我也没必要怕冷场。是他在请我帮忙，我不欠他什么。一只秃毛狗向他走来。

"您可够讨狗喜欢的。"

凯朗轻轻把它推开。

"因为我这一周都没换衣服。闻起来和它们一样臭。"

"我告诉过您我负责洗衣服……"

"我怕您把血弄到我衣服上。"

不知道他是不是在开玩笑，就算是玩笑，那也是一种我搞不懂的幽默。我觉得他很好闻。一股姜和焚香的混合味。

在乐天玛特,他拿起一杆钢笔,翻来,覆去,放下,然后他把纸一包包地撕开,挨个闻。我确认了一下我们上方没有摄像头。凯朗抚摸着不同类型的纸。他似乎喜欢粗糙一点的。他把纸刮出声,把它靠近嘴和舌尖,尝尝纸页边。找到合适的纸之后,他转身前往下一排货架。我把被他撕开的那些包装藏到了活页夹后面。我跟过去的时候,他还没有找到想要的东西。要瓶装墨水,不要墨囊。我去问店员,店员从仓库里拿来了两种。一种是日本产的,另一种是韩国产的。凯朗不想要日本产的,干得太快,他想试试韩国产的。不能试。凯朗抬起了头。再次要求试。店员拉下了脸。我用韩语讲,坚持要试,店员终于让步了。凯朗从大衣里掏出一本布面笔记本并在本子上划了几道。最后,他买了日本产的墨。

巴士站只有我们两个人。

"所以您是法国人。"

"来自诺曼底。"

我点了点头表示我知道那个地方。

"您知道那里?"他问我。

"我读过莫泊桑……"

他转头看我。

"您眼中的诺曼底是什么样的?"

我想了想。

"美丽……但有些悲伤。"

"我的诺曼底已经不再是莫泊桑笔下的诺曼底了。"

"也许吧。但束草也是如此。"

凯朗没有回答。他对束草的了解永远不会如我一般。想要了解这里,就要在这里出生,就要体验过这里的冬天、气味、章鱼。孤独。

"您经常读书?"他问我。

"上大学之前经常读。以前,我用心读。现在,用脑读。"

他点点头,抓紧了手里的塑料袋。

"您呢?"

"我是否读书?"

"您是做什么的?"

"画漫画。"

"漫画"这个词从他嘴里说出来的时候显得那么不真实。我脑海中浮现出书展、成排的读者。也许他很有名。

我不看漫画。

"您会以这里为背景写故事?"

"我还不知道呢。也许吧。"

"您在休假?"

"对于我这行的人来说,永远没有休假这一说。"

他登上了巴士。我们都坐在车窗前,一人一边,中间隔着过道。天已经暗下来了。凯朗的面孔映在玻璃窗上,塑料袋放在膝盖上。他已经闭上了眼睛。鼻子如三角板般从脸上突起。一条条细纹从薄嘴唇边生出并汇入粗纹。胡子是刮过的。再向上走、看他眼睛的时候,我发现他也正从窗影中看我。他刚走进民宿时也是这副表情,热情中夹杂着一点不耐烦。我低下了头。喇叭报出了我们的站名。副屋和主楼的分岔口处,凯朗碰了碰我的肩膀:

"今天下午,要谢谢你。"

那天晚上,他还是没来吃饭。一起走过的那段路给了我些许勇气,于是我给他端去了一托盘菜,辣椒放得比给民宿其他住客的少。

他弓着身子坐在床边,影子被光打在韩纸墙板上。门没有拉紧。我把脸贴在门框上,看到他的手正在纸上快速移动。他膝盖上放着一个盒子，盒子上放着纸。手指间，铅笔寻找着自己的路，前进，后退，犹豫不决，继续探索。铅芯仍未碰触纸面。当凯朗开始画的时候，笔道并不规则。他多次重复那些线条，似乎想擦除它们、修改它们，但每次施力都会让线条更重。主题，看不出来。一摊树枝，或许是一堆废铜烂铁。我终于看出了一只眼睛的形状。一缕凌乱头发下的一只黑眼睛。铅笔继续行走，出现了一个女性形象。眼睛大得过分，嘴巴很小。她很漂亮，他应该就此打住的。但他的笔继续落在五官上，一点一点地绞杀嘴唇，扭曲下巴，刺穿双眼，他放下铅笔并换上了钢笔和墨水，缓慢而坚定地涂抹那张纸，直到女人已是一团黑，形状难辨。他把她放在写字台上。墨水滴落在地板上。一只蜘蛛在他的腿上爬，他没有把它赶走。他默默地看着自己的作品。不自觉地，撕下了纸的一角。开始咀嚼。

我怕他发现我。轻手轻脚地，我放下托盘然后离开了。

我躺在床上，翻着书，心不在焉。俊吾进来了。头发间泛着巧克力色的光。他去了趟理发店。

"你该敲门的。"

朴大叔给他开的门。他脱掉了鞋子。雪在鞋底下融化开。

"把鞋放外面。"

他说如果我继续这样他就走。爱走不走。如果留下，那就把鞋放外面。他一边抱怨一边照着做了，之后在我身边坐下并问我在读什么书。我侧了侧书的封面。他架起我的手臂，想要拽起我的套头毛衣。我胸部紧绷。他的手，冰一般，插进我的肉里。他没有说，但我感到他在评判、比较、掂量、思忖。我把他推开。俊吾叹了口气，然后掏出手机给我看，那是江南区一家模特经纪公司的网站。两天后他要去面试。他站了起来，上下打量镜中的自己，说他们可能不会要求他做手术，不过如果需要的话他也可以做一下鼻子、下巴和眼睛。他转身看我。顺便一说，这段时间整容医院正在打折，我应该花时间四处打听一下，他会给我带回来一些整容目录。他仔细看了看自己的右耳后部。在他看来，一切都有改善的余地。如果我以后想要在首尔找份工作，那就更要改善了。当然啦，在文学界，外表并不那么重要。说到底，一切都取决于工作岗位。他又坐了下来，一只手放在我的大腿上。我穿的是套头毛衣裙，此前已经脱掉了连裤袜。他的手指滑过我的伤疤，那条痕迹又细又长，是我小时候跌在鱼钩上留下的。我猛然放下了手中的书。

"没问题。说吧，你想让我怎样。"

他笑了。激动什么？他认为我恰到好处。他把我的一绺头发拨回到耳后，然后躺了下来，一条腿搭在我腿上，想要亲吻我。我没有张开嘴唇迎接他的舌头。他抱怨说我从来都不想要，之后好几天我们可都见不到面呢。我说我会想他的，但民宿工作很多，时间过得很快。俊吾摔门而去，走之前还是留下了一句，如果我愿意的话，明天可以睡他家。

上午九点半。我正在洗早餐用的餐具。那对情侣穿着一模一样的睡衣走了进来,她的是粉色的,他的是灰色的。她没精打采、拖拖拉拉地给自己倒了一杯咖啡。那些绷带让她看起来像只熊猫。她用勺子尖舀着吃了一小口酸奶。而他呢,烤面包片配柿子果酱。他们在桌边坐了一会儿,两个人都对着自己的手机,这里的无线网络比客房里的速度快。登山客一般五点半用餐然后前往山区。黑咖啡,四片白面包,一根香蕉纵向切开,涂上黄油。

透过厨房和前台之间的玻璃墙,我看到凯朗走了进来,他对着朴大叔说了几句话。朴大叔叫我,满脸不爽,他英语说得不好。我把餐具留在水槽里,擦了擦手,等眼镜上的水蒸气退去再去找他们。他们在讨论如何去朝鲜边境游览。我向凯朗解释说,巴士只能把他送到车辆检查站,只有自己开车才能到达朝韩非军事区观测所。凯朗想租一辆车。朴大叔给租车公司打电话。需要国际驾照。凯朗没有。不过，他一再坚持，说自己有法国驾照。朴大叔表示遗憾。我提议由我来开车。两人吃了一惊，盯着我看。朴大叔没意见，只要我把客房整理好就行。

"我们可以改天去，看您的安排。"凯朗这样说。

我们约好周一去。我问凯朗是否已经用过早餐，因为我就要收拾了。他不饿，他要出门走走。

趁他不在，我去打扫了副屋。托盘还躺在我此前放下的地方，菜一点没动。凯朗一定看到了，因为他去前台的路上必须跨过它。他其实可以把托盘拿回来的。至少也应该谢谢我。我心想他根本不值得我花时间驾车带他去边境。

光线透过窗帘，为他的房间带来了温暖的色调。我又看到了沿桌边滴下的黑墨。他一定用布擦过，那块污渍已经变浅了。一缕烟如蛇般从香炉中盘旋而出。旁边，一包洛山寺[①]的香。行李箱放在房间一角。看尺寸，恐怕也就能装两三套换洗的衣服。我稍稍掀起看了看。折叠整齐的

---

① 束草附近的一座滨海寺庙，距今有一千三百多年历史。

衣服，墨，柞蚕丝包着的几支毛笔，一本书。书包里，他和我一起买的那沓纸，还没用过。我担心他在我完工之前回来，于是动手洒了清洁剂擦地板。墨擦掉了但痕迹仍然在。我清理了垃圾桶，里面有唐恩都乐的袋子，还有巴黎贝甜芝士蛋糕的包装。离开前我检查了一下，确认已经合好了行李箱。

在主楼门口，那对情侣正准备出门。他揽着她的腰，她紧紧抓着他，脚下的高跟鞋让她走起路来好像一只鸵鸟。他问我能否在他们下午回来之前打扫完房间。我打扫得很匆忙。换床单，通风。在他们的垃圾桶里有两个避孕套，一个晚霜包装盒，一堆橘子皮。

俊吾还在睡，他的后背贴着我的肚皮。我挪动指尖，描出他的肩膀线条。闹铃响了。他咕哝着把闹铃关了。嘴里一股烧酒味。我们喝多了，我感觉头好重。我以为自己还环抱着他，其实并非如此。他已经拿起放在床脚的宝丽来并把我框在了取景器里，他想带张我的照片走。我把脸藏在被单下。他拍了照片。当我再次转过身来的时候，他正在系腰带扣。他瘦了，肌肉也少了。扣衬衫纽扣的时候，他紧紧抿着嘴唇。像个孩子，想到这里，我有些恼火。再次从浴室出来后，他在我额头上亲了一下，然后拿起自己的包离开了房间，还把钥匙留给我，让我等他从首尔回来时再还给他。

我等他下楼脚步声消失后才起身。他把照片忘在床上了。我把它翻了过来。尚未完全显色。竖版。前景上的腰逐渐向远处延伸，变成了一片由肋骨和肩胛骨组成的沙漠。瘦骨嶙峋，我才留意到这一点，吃了一惊。然后我想，我从来没有见过自己的背，认不出来很正常。我匆忙穿好衣服，没有淋浴。

俊吾住在市中心的一个单间公寓里，离民宿相当远。但我还有时间，可以步行回去。一缕阳光让沙地上的积雪开始融化。我脑海中出现了一个男人的身影，就像那天一样，他裹在羊毛大衣里弓着背的样子好似风中的柳树。

此刻我孤身一人。

到民宿时，天空开始下雨。屋顶露台上备着一张防水油布，朴大叔总是用它来为放在屋外的那些家具挡雨。我上楼去找那块布。活板门是开着的。凯朗倚着栏杆，站在伞下。他向我点头致意，然后继续静静地眺望整座城市。

"看起来就像用摩比玩具搭成的世界。"他说这话的时候，我正准备下楼，怀里抱着防水油布。

"您说什么？"

"我在说那些色彩斑斓的小人儿……"

"我知道摩比玩具是什么。"

"如果您买了一整包，那就会得到一些配件，一些带有彩色屋顶的小建筑物。看到束草，我就想到了那些玩具。"

我从未仔细观察过束草。这不是一座用来观察的城市。我走到凯朗身边。在我们面前,有一大片杂乱的橙色和蓝色金属瓦楞板,那是电影院拆除后的废墟。再往前,港口和鱼市。我想起了在那里的母亲。凯朗略微转头观察我。感谢我为他打扫房间。我点点头,也没有真的去看他。

他支付了早晚餐和住宿的费用,却一顿饭也没吃过。我猜他不喜欢韩国菜。昨天,我告诉他我要做奶油意面,法式做法。他没有来,朴大叔和其他几位住客都不喜欢意面,后来我又在他的房间里发现了甜点包装纸。我已经决定了,既然这位外国人不愿品尝当地食品,那我也不会再次付出任何努力了。但他的画在我脑海中回旋。

那一刻,我站在那里,不知何去何从。

"我们周一去边境,没变吧?"他问道。

"没变。"

我略感焦灼,转身朝向他。他还要在屋顶露台待很久吗?不待的话,我就要用钥匙锁门了。他还要再待会儿。

我决定去汗蒸房。已经很久没有泡过硫磺温泉浴了,泡一下会有好处的。我用野猪鬃毛软刷刷了很长时间,刮去油脂和死皮，脚、腿、臀、腹、手臂、肩膀和乳房，照顾到身体的每一个部位，然后我走进滚烫的水中，直到皮肤溶解成一团肌肉和脂肪，那粉色已与大腿上的伤疤别无二致。

风把云压回沥青路面。太阳已偏西。路两旁都是村庄的骸骨。纸板，塑料，蓝色金属瓦楞板。在战后的农村城市化进程中，江原道被人遗忘了。我让凯朗抓紧时间，否则就来不及参观了。我会为他翻译路标。上车前，我已经把钥匙给了他。我讨厌开车，也根本不打算为他开车。对此他倒是很高兴。

在车辆检查站，一个比我还年轻的士兵让我们填了一些表格。扬声器里一遍遍地播放着注意事项。禁止拍照。禁止摄像。禁止偏离标定路线。禁止大声喧哗。禁止笑。我把表格还给那个男孩。他敬了礼，通向非军事区的栅栏门打开了。放眼望去全是土黄色和灰色。芦苇。湿地。偶尔一棵树。再开两公里才能到达观测所。一辆武装车护送了我们一段路后拐走了。路上只剩我们了。蜿蜒前行的路，两边都是堆满积雪的沟。突然凯朗猛地踩了一脚刹车，我撞在挡风玻璃上。

"我以为她要过马路。"他长吁一口气，双手紧握方向盘。

马路牙子上，一个女人，弓在粉色外套下。凯朗示意她可以过马路。她没有动，双手背在身后。他小心翼翼地重新发动汽车。从后视镜里，我看到她沿着我们开过的轨迹继续前行。她的目光一直追随着我们，直到我们消失在一个急转弯处。空调热风让我喉咙发干。

在观测所停车场上，风吹得我们的大衣不住地拍打小腿。卖打糕的大篷车散发出一股冷油味。凯朗把双手插进衣兜，笔记本从右兜里支棱出来。我们爬上山坡，来到观测所。一排望远镜。花五百韩元就可以观察朝鲜。我塞了一枚硬币。冰霜将我们的眼皮粘在金属镜圈上。右边，海洋。左边，山峦。前方，雾。在这样的天气里也别指望还能看到什么了。我们下了山，回到停车场。

卖油炸食品的小贩正在和我们刚才遇见的那个女人交谈。她刚一认出我就扑到我身上，用粗糙的手抚摸我的脸颊。我猛地甩开她。她尖叫一声。我抓住凯朗的胳膊，他平静地揽住我的肩膀。

"她说什么?"

"她说我们是天父的儿女……她觉得我很漂亮。"

店员对我指着锅里漂浮的炸物。油钻入小孔,排出一串小气泡。我摇了摇头,筋疲力尽。另一个女人仍在哼哼唧唧。凯朗招呼我来到车旁。

一进车,我就把小腿靠在空调上,双手使劲搓大腿。怎么也暖和不起来。我们朝博物馆的方向开去。此时已是下午将尽,我从昨天起就没有吃过任何东西。挎包底部压着一个巧克力派,它的洋红色包装已经爆开了,我一下一下地捏着吃。

"您上次来这里是什么时候?"凯朗问。

"这是我第一次来。"

"您从未来过?我是说,来表示一下对同胞的支持。"

"站在望远镜后面哭,这算什么支持?"

"我不是这个意思。"

"只有游客才会来这里。"

凯朗没有再说什么。博物馆入口处,普通至极的售票间里,一个女人将嘴凑近麦克风。"五千韩元。"

"五千韩元两个人?"我问道。

那双凸起的眼缓缓抬起。"是的,五千韩元两个人。"

凯朗表示感谢。当着他的面人家都不用母语回复我，这屈辱我忍下来了。一只戴着乳胶手套的手为我们指明了参观方向。

一切都太夸张了。大，冷，空。我们的鞋在大理石板上发出空荡荡的回响。凯朗双手插兜漫无目的地走，神情漠然。最后他在一个皮头盔展示架前停了下来，并让我帮他翻译一个标签。

标签上总结了自一九五〇年以来朝韩两国之间的冲突，两国之间的战争一直持续到一九五三年七月二十七日，两国签署停战协定并在北纬三十八度线上划定国界，这是全世界驻军人数最多的国界地带，分界线两边是朝韩非军事区，长二百三十八公里，宽四公里。三年时间里，死者人数达到两百至四百万，有平民也有士兵。至今尚未签署过任何和平条约。

凯朗全神贯注地听我讲，他低着头，一只手放在额前拦住头发。至于我，只有一个橱窗引起了我的注意，那里面摆放着朝鲜小学生的鞋以及蓝色包装的巧克力派。如果没有分裂，那我吃的巧克力派会是蓝色包装的，而不是洋红色包装的吧。橱窗里那几个都是未开封的吗？里面还有点心吗？也许是工厂专门为博物馆制作的？

我看了看手机上的时间。指尖已经发白。我碰了碰却没有任何感觉。十分钟后依然没有血色。我指给凯朗看。他用自己的热手握住了我的手，说我的手这么凉不正常。我的手总是这么凉。他摇了摇头，把我的手放进了他的衣兜。

博物馆最后一个展厅复原了军营的样貌。最里面，几具蜡像躺在草垫上。这间展厅同时也是纪念品商店。可以买到平壤酒、儿童画、朝鲜领导人的像章。柜台后，一个身着灰色制服的女性假人注视着前方。我靠了过去。眼皮跳了一下。是真人。女店员。我试着与她对视。她嘴唇不动，眉毛不抬。

我告诉凯朗我想走了。

回去的路上我们两个人谁都没说话。在雨的拍打下，大海支棱起来，像是长出了海胆刺。凯朗左手开车，右手搁在变速箱上，蹭到了我的膝盖。他的手套，放在我俩之间的那本笔记本上。没有洗净的墨在他指甲上晕开。我惴惴不安，努力紧靠车门。座椅的倾斜角度不是很舒服。

那天晚上，我又一次透过半开的房门偷看他。他看起来更老了，弓着背坐在写字台前。他已经潦草勾勒出了一个女人，她上半身后仰，胸部裸露，双脚被臀部曲线遮住了大半。她正在褥子上打滚。他画出地板，描绘褥子的各处细节，似乎想避开她，但她那没有面孔的身体在呼唤生命。他用铅笔画完背景，然后拿起钢笔给她画眼睛。女人坐了起来。坐得很直。头发向后挽起。下巴在等嘴。随着钢笔一次次下落，凯朗的呼吸也越来越急促，最后，纸页上，一排极白的牙爆发出笑声。如此低沉的笑可不像是女人。凯朗将瓶子里的墨全都倒了出来，女人踉踉跄跄，想要再次尖叫，但黑色从她的双唇间滑入，直到她消失不见。

韩国搜索引擎上找不到有关"亚恩·凯朗"的任何信息。但是，在法国版谷歌上我发现了他的漫画节选。他的签名是"亚恩"。他最知名系列的最后一卷即第十卷将于明年出版。通过读者和批评家们的评论，我意识到这个系列讲的是一位考古学家周游世界的故事。每一卷，一个不同的地方，一次没有色彩只有薄墨涂染的旅行。用词寥寥，没有对话。一个孤行的男人。体貌特征上，他与作者本人相似得惊人。他的轮廓十分清晰，而其他人物往往只是若有若无的影子。有时他比他们高许多，像个笨拙的巨人，有时又很小，是唯一一个五官鲜明的人。其他人消失在椅子、石头和树叶的细节背后。一张新闻照片上，凯朗正在领奖。他笑得有些拘束。站在他身边的是一个红发女人，几乎和他一样高，方脸，短发。新闻记者？他的妻子？两个人看起来不般配。我想一个已婚男人在出门旅行时是不会不确定返程日期的。她看起来不像晚上我看到他画的那位,那一位的面部轮廓更柔和。

冷光照进我的房间。我打开窗户。彻底清醒后，我又关上了窗。我穿上一件套头毛衣裙，念头一转，换成了腈纶的束腰连衣裙。我仔细看了看镜中的自己。又脱掉了束腰连衣裙。头发竖了起来。我舔了舔手掌，把头发压回颅骨，重新穿上了套头毛衣裙。

厨房里，男孩衣衫不整，说他女朋友还在睡觉，就不来用早餐了。那个日本人也没有现身。凯朗，我已经放弃等他了。我无所事事，喝了一杯加了很多牛奶的牛奶咖啡。

电话响了。俊吾。他离开束草已经两天了，在此时的我看来他的存在已经不那么真切。他被留下来了，因为有试用期，所以他在首尔停留的时间会比预想的要长一些。他没有问起我这边的情况，却说他很想我。

朴大叔来了，让我给他上一份红豆蒸糕。他见到那位登山客了吗？他嘟囔着说那个日本人昨天就回东京了，但凡我去整理一下房间就会知道的。

"昨天是我的休息日。"我为自己辩解道。

他反驳了一句就算是休息日也应该去整理房间，万一来别的客人了呢。我们这里可真是门庭若市呀，我在心里默默嘲讽。

整个上午，朴大叔都在柜台后半眯着眼观察我。他一定注意到了我对待法国人的态度与对待其他住客不一样。凯朗来这里已经快两周了。我们很少见到他，但就算人不在，他也会把房门拉开。我打扫得一丝不苟，还会留意不要挪动了他的东西。有那么几次，我看到了他潦草勾勒的主人公。他没画出什么实质性的东西，扔掉了很多纸。他晚上画了好几次的那个女人，我在垃圾桶里发现她时，她已经被撕碎了。

母亲约我下午见面，她要给我买一套韩服。就要到阴历岁首了，她认为是时候给我添置一些女人该穿的衣服了。这想法让我觉得好笑。我已经很多年没有在阴历岁首那天穿韩服了，但这一次，大姨会从首尔来看我们。母亲竭尽所能要把我打扮得靓丽点。

在金阿姨开店的那条小巷里，凯朗迎面走来，怀里抱着他的被子。我还没来得及提醒他留意地上的那层冰，他就摔倒了。我跑了过去。

"天太黑了。"他一边起身，一边龇牙咧嘴。

"现在是冬天……"

"是的。"

"会习惯的。"

"真的吗？"

他擦了擦身上的水，脸冻得通红。

"真的。"我撒了句谎。

我环顾四周：

"荧光灯，所有的这些……都会习惯的。"

他把两只手套互相搓，想除去污垢。我指了指地上的被子：

"您打算把被子托付给我？"

凯朗没有留意到我的讽刺，捡起了被子。他打翻了墨水瓶，真是抱歉。他看起来是那么的不知所措，于是我说没关系。

"我可以把它给您吗？"他问道，松了一口气。

我伸出双臂。他摇了摇头：

"我不是想让您来抱被子，只是想知道您是否可以洗。"

"可以，我告诉过您了。"

"我把它放进洗衣机？"

"不，墨渍的话，需要专用清洁剂。"

他不情愿地接受了。

"其实留在客房里就可以了，我会处理的。"

"不好拿。还是我来拿吧，您告诉我放哪儿。"

我要迟到了，但这意外事件却让我感到相当欣喜。

在洗衣房里，我告诉凯朗，我略微搜了搜他的作品。他问我是否看漫画。很少看漫画。但我有兴趣。

"您就要出新漫画了，对吗？"

"那是编辑的说辞。"

"没灵感？"

他轻轻一笑。

"在这份工作里，灵感只占一小部分。"

"您的画很美。"

我想我不懂判断图像美丑的客观标准。

"我的意思是,我喜欢您的画。"

我希望他不要让我具体描述一下画中到底哪点让我惊艳,起码不要让我用英语讲。然而这两年来我一个法语词都没说过。我往被子上倒了一层去污剂,感觉到凯朗就在身后,我有些束手束脚。洗衣房里潮湿闷热,我腋下没涂止汗剂。终于,他离开了洗衣房。我展开被单。他晚上作画时穿的那件衬衫掉了出来。我用手使劲地攥,释放出被亚麻俘获的他的气味。

在母亲的注视下，店员让我试穿了好几套韩服，直到我们看中了一套红色和黄色的，这是青春的颜色。一件蓬袖赤古里①，一条从胸到脚的蚕丝裙。我看起来好臃肿。

即将迈出商店大门的时候，母亲转向橱窗，打量着一件绣有金色图案的粉色女式衬衫。

"你觉得怎么样？"她问道。

我笑了。她咬了咬嘴唇，低下了头。我试图找补两句，说我的笑没什么含义，她喜欢就试试吧，况且她已经很久没有给自己买衣服了。她把手提包挂到肩上，回了一句，那不是她的风格。

我很少见到母亲脱下鱼嫂防水服的样子。那天她穿着条绒裤、运动鞋，包头发的那条头巾与口红颜色搭配古怪。走路时她掐着肋下，呼吸急促。看我一脸担心，她就说没什么，只是有点痛。多半是因为湿气大。我想让她去看医生。

"你就别担心了。走吧！我们出去吃。好不容易能和你一起待一会儿。"

我不情愿地跟在她身后。

在渔港入口处的一间小店里，她点了一份海鲜葱饼，还有当地产的马格利浊米酒。我很留意自己每一口吃进去了多少。

"多漂亮啊，你那韩服的颜色。"母亲说，"婚礼上你还可以再穿一次。你要注意保持身材，这样就还能穿。"

我加快了咀嚼速度，用筷子尖搅动碗里的马格利酒。咕嘟咕嘟地喝。米酒把一层厚重的白色包在我的食道上，然后才落到胃底。母亲在讲鱼市，渔季晚了。现在只有章鱼，但她需要为一周之后的阴历岁首准备河豚。很快我就不再听她讲话了，吃，喝，不加节制。

河豚的内脏能毒死人。但利用生河豚肉的半透明质地却能制作出名副其实的艺术品。母亲是城里唯一一个拥有河豚烹饪执照的鱼嫂，每次想向人显摆一下的时候她就会做这道菜。

---

① 赤古里是一种传统的朝鲜族女性服饰。

我呛了一口。马格利酒流到了大衣上。母亲一边继续讲话，一边拿起刚擦过嘴边油渍的纸为我擦酒。那块污渍闻起来像是发酸的牛奶。母亲往我碗里斟满酒。我感到恶心。我继续喝，继续吃。我总是在她面前吃得过饱。她很是高兴，又给我点了一张葱饼。

"好女儿，你吃东西的样子真美。"

我使劲地咽，把眼泪也一并装进喉咙。走回民宿的这一路上，我倍感艰难，肚皮已因一通海塞而绷得紧紧的。

根据传统习俗，阴历岁首要与家人一起过。先喝年糕汤再去墓地，在祖先坟前奉上饭团。母亲希望我能在场。我已经和朴大叔说好了，我会提前做好年糕汤，他只需要加热一下，就能给自己和那个缠着绷带的女孩吃，如果凯朗愿意屈尊吃我做的，那也有他一份。

　　自从男孩回首尔之后，女孩总是把自己关在客房里。我发现她的衣服乱七八糟地摊在床上，里面埋着几本心理杂志，测试部分都已仔细填过了。偶尔我也会做个题，和她的答案对比一下。您更像狗还是更像猫？她选了介于两者之间，我选了猫。有那么几次，她来公共活动室看电视，一次是电视剧，另一次是中国大陆或香港的电影。脸上的绷带少了一层，但还是看不清五官。

　　为了迎接阴历岁首的到来，束草变喜庆了。一串串彩灯沿着中央大街排列，一直通往浅蓝色的金属凯旋门，那里新近挂上了一只充气海豚做装饰，海豚一脸坏笑，两鳍间夹着一个牌子，上面写着"罗德奥街"。

在超市购物时，我在日韩漫画区停了下来。品种不多。没有任何西方作品。我随意翻找，我此前已经读过而且还挺喜欢的漫画不多，却从这堆书里找到了一本。它讲的是古时候一对母女的故事。线条细腻，色彩明亮，与凯朗的风格截然不同。我买了一本。

凯朗正在公共活动室里翻阅《韩国时报》。看到我走进来，他合上了报纸。我把漫画递给他。

"虽然是韩语的，但对话很少……"

他的食指划过一个个画格，就像仍在学习识字的孩子。大约十页之后，他抬起头来。他饿了。我想和他一起用晚餐吗？我乱了阵脚，没有回话。看到他仍在等答复，我才说，我准备炖一锅白萝卜汤。凯朗倾向于出去吃。他这样说让我感到不爽。但我还是推荐了海边的一家鱼馆。

各家餐厅都在店前挂起了防水油布，用以挡风。至于顾客，全都是上了年纪的。他们的叫嚷声与汤羹的蒸汽、泡菜的气味混合在一起。这家做章鱼，那家做松叶蟹，还有一家做生鱼片。凯朗摇摇头，说太吵、味儿太大、太挤了。他需要安静。那也得选一家，走过码头，除了唐恩都乐就什么都没有了。于是他指了指一个摊子，我不认识这家，它与其他那几家相隔较远，最为安静。

防水油布下，三张桌子。红色塑料椅。男服务员在桌上铺了一个垃圾袋，权作桌布，然后给我们倒了两杯热水。我们坐的地方有穿堂风。凯朗冷得僵住了。他想换个地方？他说不，这里很完美。服务员又走了过来，拿来了一份简化的英文菜单。没关系，我可以读懂墙上写的韩文。服务员没理我，把菜单放在桌子上。

"您父母中，谁是法国人？"凯朗问道。

我看了他一眼,惊讶万分。

"我问过民宿老板。纯属好奇。"

"他告诉您什么了?"

"他告诉我的,我早都猜到了。他说您是法韩混血。而且法语说得非常流利。"

"朴大叔随口说说而已,他不懂法语。"

我解释说母亲是本地人。关于父亲,我只知道他认识我母亲时正从事渔业工程方面的工作。服务员来点餐了。烤鱼,一瓶烧酒。凯朗仔细打量我。为了避开他的目光,我开始研究餐厅最里面的厨房。瓷砖墙壁,夯土地面,刀具当啷,汤在火上咕嘟。我摆弄着筷子。凯朗朝桌子这边靠了靠。

"您的伤口愈合得不错。"

"本来也不怎么深。"

我必须留意双腿不要乱动,否则就会碰到他的腿。服务员又走了过来,拿着酒、鱼、泡菜和土豆沙拉。凯朗舀了一勺沙拉。

"放了蛋黄酱。就连这里都美国化了……"

"蛋黄酱来自法国,不是美国。"

他抬起头,被我逗笑了。我们一言不发地吃了一会儿。凯朗拿筷子的方式不对。我纠正了他。刚吃两口，他的姿势又回去了。我没敢再去纠正。看到他不说话，我就问他这些天都在做什么。他会出门散步，四处转转，寻找不同灵感。画中主人公去过的那些地方，他是否也都去过？是的，大部分都去过。这是他第一次来韩国。

"最新一卷漫画以束草为背景吗？"我猜道。

"您已经问过我这个问题了。"

"那是两周前的事了。那时您还不知道。"

"您认为以束草为背景来写故事合适吗？"他问道。

我说这取决于情节。凯朗探过身来，好像要告诉我一个秘密。

"如果故事发生在这里，那您会帮我吗？"

"怎么帮？"

"带我去了解一些新鲜事。"

"束草什么都没有。"

"我觉得还是有的。"

我喝了几口烧酒。脸颊开始发烫。为了给自己找点思考的时间，我问他对绘画的热爱从何而来。他也不太清楚。他一直喜欢看漫画。小时候，他会临摹自己喜欢的那些漫画画格，一画就是几个小时，这热爱也许就来自那个时候吧。

"梦想实现了吗?"

"我只知道一件事,我从未想过自己会有今天。"

他转过身去取卡在嘴里的鱼刺。然后他又问了一遍那个问题。如果他需要我,那我是否愿意帮助他?

"否则您就会离开?"

"您希望我离开?"

"不。"

他笑了。能否让我看一次他画画?他喝了一口烧酒,然后回答说:

"如果您想看的话。"

这句话可以理解成"让我说的话,那还是算了吧",也可以理解成"如果您想看那当然可以看"。我没明白他那语气的含义。我讨厌那种语气。

零下二十七度的气温一夜之间淹没了城市。这种情况已经很多年没有发生过了。我在被子下缩成一个球,往手上吹气,使劲搓腿。屋外,在冰霜的袭击下,海浪虽勉强抵抗,却也越来越重,越来越慢。海浪开裂成无数碎片,然后撞上海岸,败下阵来。我把自己裹进大衣里才终于睡着了。

早上，我的房间还有日本人住过的那个房间的暖气都坏了，管道里的水冻住了。等人来修之前，朴大叔允许我把前台那个电暖器搬到自己屋里，他会去烧暖炉。我提醒他暖炉是五十年代建的，用不了了。我已经试过了。此外，下水道堵塞令我在房间无法呼吸。我说我要搬到副屋那第二个房间里去。朴大叔叹了口气。这屋里真是什么都没法用了。我们没有别的选择。

金阿姨正在重新生炉子。看到我抱着许多衣服还提着化妆包，她无助地靠在柜台上。只能等。但愿这天气不会持续太久。她的冰柜隔一天就坏一次，这样对肉可不好。客人已经非常少了。

凯朗正在写字台前。我们之间只隔着一层薄薄的韩纸墙板。他主动提出帮我搬东西。没必要，我已经全拿过来了。

浴室里，有他晾的笔。一缕缕墨混着肥皂水从笔锋处流下，被洗手池下水孔吸走。圆筒杯里，他的牙刷，一管法国牙膏。我试了试。不好闻，洗洁精和焦糖味。我重新调整了一下牙膏，避免凯朗发现我用过。几双湿袜子晾在椅背上。自从洗衣房那件事之后，他送来给我洗的都是没有墨渍的衣服。我给浴缸加了水，脱掉了衣服。水太热了。我坐在椅子上等，眼镜上起了雾。太难受了。其实我已经想好了，再也不要当着凯朗的面戴眼镜了。戴上眼镜之后我的眼睛显得更小了。看起来像只老鼠。

在水中，我尽可能让自己水平浮起来，尽可能贴近水面但又不让身体触碰到空气，这样做很有趣。不过，肚子、乳房或膝盖总会有一小部分浮出水面。

当我从浴室出来的时候，凯朗正拿着毛巾等在门外。他已经脱掉了套头毛衣。亚麻衬衫下，他的皮肤若隐若现。他目光迅速掠过我睡衣下的乳房，顺着我的双腿向下看，然后又赶快收了回来。我意识到此刻我的伤疤完全露在外面，顿时心生厌恶。他向我道了声晚安，继而匆忙把自己关进了浴室。

后来,我在床上听到了钢笔刮纸的声音。我贴着墙板。那声音像在啃咬,刺得人痒痒的。我几近抓狂。那声音并不是连续的。在我脑海中,凯朗的手指有如蜘蛛腿般灵活,他抬起眼,仔细端详模特,然后又低头看向纸面,再次抬头,确保墨迹没有违背眼中所见,而且他也不放心,怕下笔的工夫那女人跑了。我看到她身上从胸部到大腿根只盖着一块布,她扬起下巴,一只胳膊贴在墙上,然后她叫他,温柔,傲慢。不过,和前几次一样,面对恐惧,他把墨水浇了上去,于是她消失了。

钢笔的声音连到了一起,如催眠曲般缓慢。睡着前,我努力想记住脑海中浮现出的那些画面,努力不要忘记它们,因为我知道,明天当我闯入他房间的时候,它们就会消失不见。

我冻得浑身僵硬，民宿这边也没什么事可做。洗完早餐用的餐具之后，我来到前台，坐在朴大叔旁边。他在看电视。我背着他的目光，在报纸上浏览束草招聘版块。船厂领班，水手，潜水员，遛狗人。在互联网上，我读到了凯朗笔下那些故事的梗概，跟着他的主人公飘向埃及、秘鲁、意大利和中国的藏区。我查阅了前往法国的机票价格，计算了一下，要在这里工作多久才能去那里一趟，尽管我知道我肯定不会去的。电脑上方，招财猫挥着爪子。总是那种令人厌烦的笑。明明一开始我觉得它挺可爱的。

一只甲虫正沿着桌子爬。在我那堆档案文件前停了下来。它一定在霜降开始之前就已经躲进了屋，所以才逃过了寒冬。我轻轻抓起它。它那些腿在空中乱动，长长的触角似乎是在向我告饶。我把它翻过来，看它的肚子。漂亮。光滑至极。浑圆一体。朴大叔让我碾死它，但我不想下手。我从来没有杀死过这种甲虫。我通常会把它们扔出窗外,让它们自己死在外面。

傍晚时分,我去汗蒸房找母亲。她已经脱光了,正在更衣室里等我,身边两罐草莓味牛奶,头上敷着鸡蛋发膜。在淋浴室里,我坐在凳子上给她搓背,她也给我搓。

"你又瘦了。要多吃点。"

我的手开始颤抖。她说这些话的时候我真想把自己的身体往墙上撞。

三个女人在我们旁边聊天,她们的肩胛骨上吸着粉色的火罐。最年轻的那个和我年龄差不多,但乳房已经下垂了。我仔细看了看自己的乳房。坚挺得像是两个倒扣的大汤勺。我放下心来,走入硫磺温泉池,来到母亲身边。她把头发包在塑料袋里,蒸汽中,看起来就像是一朵冒烟的蘑菇。她胸膛起伏得毫无规律可言。我坚持让她去看医生。她做了一个恼怒的手势。

"还是讲讲民宿的事吧。"

我谈起了那个缠着绷带的女孩。

"如果你也想整容,我手头已经存了一些钱。"母亲说。

"你觉得我都丑到该整容的地步了。"

"别傻了,我是你妈。但整容之后也许你能找到一份更好的工作。事情就是这样的,我听说,在首尔就是这样的。"

我想顶撞她一下,于是说我不打算换工作。民宿为我提供了结识新朋友的机会。那里住着一位画师,我很喜欢他的作品。我没有说他是法国人。

自从不在家住之后我不知道母亲平日里会做些什么。我努力回忆小时候我和她会一起做些什么。电视。海滩。我们很少与他人往来。我上小学时,放学后她经常来接我,但从不与其他母亲站在一起。同学们开始问我为什么没有父亲。等我长大到可以乘巴士的年龄,我都是自己回家的。

我们回到更衣室,换上了长衣裤,前往男女混合休息室。躺在地上,用木枕垫着头,一边喝甜米露一边剥煮鸡蛋。到了该回家的时候,我说今天例外,我必须回民宿,还有许多事要做。事实上我再也不想和她同睡一张床了。母亲面露悲伤之色。这情景令我很难过。但我没有动摇。

我来到副屋那边的小巷,金阿姨觉得我脸色苍白,于是送了我一份绿豆煎饼。我想到了她用的肉，解冻后又重新冻上。在下一条小巷里，我把煎饼扔给了一只正在翻垃圾桶的狗。

卧室门上钉着一张便条，上面写的是法语。凯朗问我明天是否愿意陪他一起去雪岳山自然保护区。明天，我的休息日。他记住了这个细节。

天气略微转暖后，雪下得更沉了，它落入急流，压弯竹林。一日无风。凯朗跟在我身后，我把朴大叔的雪鞋借给他了。他经常停下来，脱下手套，摸摸树干、冰下的岩石，听一听，然后再戴上手套，更慢地向上攀登。

"冬天没什么意思，"我已经没了耐心，所以这样说，"很快樱花就会绽放，竹子就会变绿，应该春天时再来看它们。"

"那时我就不在这里了。"

他又停下了脚步，环顾四周。

"现在这样我也很喜欢，没有任何矫饰。"

我们来到了石窟，这是一间小庵，里面供着多尊佛像，供在一个个壁龛里。凯朗一尊尊仔细地看。他想了解与山有关的朝鲜传说和故事，用来设计他故事中的人物。我给他讲了檀君的故事，我小时候听妈妈讲过的。天帝之子被派往朝鲜最高的山峰，与熊女结合并建立了朝鲜民族。从那时起，山就成了天地之桥的象征。

攀登了两小时之后，我们在一块岩石上坐下来休息。凯朗系好鞋带，拿出钢笔和笔记本。他开始画竹子。

"您总是带着它？"我指着笔记本问道。

"是的，大多数情况下都会带着。"

"您的草稿？"

他皱了皱额头，似乎有些恼怒。他不喜欢草稿这个词。这种说法毫无意义。一个故事是由许多时刻构成的，哪一幅画都不比另一幅画更重要。

慢慢地爬山带来的热劲过去了。过了一会儿，我俯身去看他的画。

"看起来像蜻蜓。"

他伸出手臂把画拿远了看。

"还真是。画坏了。"

"画坏了？我觉得它们很漂亮。"

凯朗又看了看画。他笑了。然后他走近悬崖边，去看下方雾气弥漫的山谷。一声乌鸦叫。

"您一直在束草生活？"

"我上大学时曾在首尔住。"

"那时一定与现在相当不一样。"

"也没太多区别,那时我和大姨一起住。"我开了个玩笑。

凯朗看了看我,他没听明白。我再次开口,这回是在说认真的:夏天时,束草与首尔一样热闹,因为有海滩。自从《初恋》——那部有某位著名男演员出演的电视剧——在此取景之后,束草就更热闹了。一车车粉丝前来朝圣。他看过这部电视剧吗?没有看过。

"您为什么回到束草?"他问。

"我不会一直住在这里的……朴大叔需要帮手来打理民宿。"

"除了您就没别人了?"

我隐约感到一丝嘲讽,于是简单回了一句,是的。事实上,我本来有资格拿到一笔奖学金,然后去国外深造。凯朗问我是否打算一辈子都在民宿度过。

"我希望有一天能去法国。"

"您一定能去。"

我点点头,但没有告诉他我无法把母亲一个人留在这儿。凯朗似乎想再说点什么,但他不知道是否应当说,于是就改了主意。他问我为什么要学法语。

"我想说一门我母亲听不懂的语言。"

他挑了挑眉毛,很有眼力见地没去接话。他从衣兜里掏出一个橘子,想给我一瓣。我有些饿。但我拒绝了他。

"法国是什么样的?"

他总结不出来。法国太大了,太不同了。饮食丰富。他喜欢诺曼底的光,灰暗、厚重。如果哪天我真去了诺曼底,那他一定带我参观他的工作室。

"您画过的漫画里,难道没有任何一卷以诺曼底为背景吗?"

"没有。"

"束草肯定还不如诺曼底有意思。"

"我和您看法不一样。"

"许多艺术家都描绘过诺曼底。莫泊桑,莫奈。"

"您知道莫奈?"

"只知道一点点。学到莫泊桑的时候,教授向我们介绍过诺曼底的艺术家。"

凯朗眯起眼望向层层的云,突然间我觉得他好远。我们开始拖着脚步下山。凯朗在前我在后。脚滑时,我会抓着他。

在民宿前的海滩上，一位海女正在整理她的渔获。她的潜水衣在寒风中冒着水汽。凯朗蹲在一块岩石上，一只手撑着地面以保持平衡。潮水涨至我们脚边。我给凯朗讲海女的故事，她们来自济州岛，全年上下，无论天气如何，她们都能潜到十米深处采集贝类与海参。

那位海女手上长满老茧，她拿起一簇海草开始擦拭护目镜。我从她那里买了一袋海贝。凯朗想再看一会儿，但我抖个不停。他跟着我一直走到主楼前。我问他晚上是否来吃饭，他不来。

我准备了海带汤、米饭、酱蒜头、橡子凉粉。女孩一小勺一小勺地吸着吃。尽管咀嚼困难，但她似乎很享受。自从男友离开后，她整天都穿着睡衣裤。绷带越来越薄。她很快就要离开了。

俊吾给我发消息时我正在穿睡裙。他没办法和我一起过阴历岁首，他很抱歉，模特行业虽然无情却也令人无比投入。他想舔遍我的全身，想吮吸我的乳房，他想我了，他会给我打电话的。

我听到凯朗回来了，他脱掉大衣，前往浴室。再次回到房间后,他坐在写字台前。这一次,我出了屋,透过他房门处的细缝观察他。

他的手指怯生生地在纸上滑动。画笔断断续续地勾勒出身形。主要是面部。她略显出东方特质。他多半并不擅长画女人,他笔下的那些角色中我没看到过几个女人。慢慢地,那女人的五官变得更加鲜明了。她穿上了裙子,开始转来转去。时而瘦小,时而丰满,双臂或伸或收,她总是在扭转肢体,在他的手指下塑造着自己。时不时地,凯朗会从纸上撕一小片放进嘴里咀嚼。

躺在床上时,我想到了俊吾发的消息。之前这段时间我一直没什么欲望,不想要男人进入我体内的感觉。我把一只手伸入双腿间轻轻地压,然后停了下来,想到墙那一边就是凯朗我有些放不开。但欲望太强了。我把那只手放回已然湿润的阴部。另一只手则抓住脖颈,然后是乳房,我想象有男人在揉捏我,一直填到我最深处。我揉得更快、更用力了,直到大腿不住地颤,高潮间我忍不住叫出了声。

身体仍然滚烫,呼吸已经平静,手还放在肿胀的阴唇上。我抽回手,就像扯去尚未愈合的伤口上的创可贴。凯朗听到我的声音了吗?他一定听到了。

我突然想起剩菜还没放进冰箱。如果不放进去，那全都会坏掉的。我重新穿好衣服，希望不要在走廊上碰到凯朗。

外面无比安静。金阿姨的摊子上，荧光灯闪烁。我心里突然扑腾一下。一只蝙蝠飞了过去。

公共活动室里的钟即将指向凌晨一点。电视机前，女孩正在用舌头一下一下地轻舔巧克力派的软芯，她两只手拿点心的样子像极了仓鼠。表情异常僵硬，视线没有投向屏幕，而是在略高的位置。声音已经关掉了。

"都还好吧？"

她微微点了点头，双眼望向虚空。彩灯照亮了她的绷带，勾勒出伤疤的纹路。眼睑，鼻子，下巴。她把自己切得够狠的。我一定是打扰到她了。她离开了房间。阴历岁首那天男孩会来和她碰面，下午时他已经预约好了。

当我回到副屋时，凯朗的房间已经熄灯了。

我在医疗中心已经等了一个小时。最后还是我给母亲约的医生。一位护士走过来告诉我看医生的时间要后延,还要对母亲做几项检查。我决定到市中心那边走走。

我很少来这边。建筑工地,小屋,工人,起重机,沙子,混凝土。还有桥,《初恋》中那个著名场景的拍摄地,男主角穿过沙滩那段。以及我面前停着的这艘船。船里有去年夏天留下来的玩具熊和花束。腐烂,变色,被冰霜俘虏了。一阵风吹得小船直摇。哀戚的嘎吱声。

继续向前走,两个鱼缸叠放在一起。下边那缸,尾鳍长长的鱼。上边那缸,堆得满满的蟹,仿佛已经等着被装罐。它们已经没有力气去互挖眼睛了,只是任由自己在水柱的冲击下翻来翻去。但其中一只还是踩到了另一只身上,成功到达鱼缸边,而且还站稳了,突然一个漩涡,它被推进了另一个鱼缸。鱼们开始全速转圈。蟹掉进缸里的时候背朝下,它缓缓挣扎着想要翻过来,但没有成功。最后,它夹住了一片鱼的腹鳍,把它精准地剪了下来。少了腹鳍之后,那条鱼虽然继续游却一直打偏,之后沉入缸底,不知所措。

街道尽头,一家酒店刷着粉色和金色,建成了印度宫殿的形状。两个女人站在门口,搔首弄姿。皮短裤,破洞丝袜。

冬天与海鲜一滴一滴地往外渗,束草在等。

束草只是在等。游客,船只,人,春回大地。

母亲只是感冒了。

我没有告诉朴大叔我和凯朗要离城去趟洛山寺。凯朗刚来束草的时候去过那里，这次他想再过去买一些香。距离准备晚饭还有两个小时的时间。巴士沿着海岸线行驶。自从那晚自慰之后，我就一直躲着凯朗。他坐在我旁边的座位上，全神贯注地读书，是我之前在他手提箱里发现的那本。

"我很喜欢这位作者，"他看到我正在偷着读，就这样说了一句，"您读过吗？"

"没有，我希望您能给我读一段。"

他清了清嗓子。

"我不喜欢朗读……"

我已经闭上了眼睛。他开始了，很注意吐字。这本书太难了。我把注意力集中在他的语调变化上。另一个声音，在更远的地方。留在世界另一端的某个身体的回响。

洛山寺建在海蚀崖上。比丘尼们正在打坐，要等一会儿。细雨下，地面渐湿。然后，猛地，瓢泼大雨。仿佛所有雨水都被收入一个漏斗，集中倾泻于此。我们来到檐廊下避雨。低哑的念佛声透过墙壁传至我们耳畔。那声音在院子里回荡。建筑周围是龙、凤、蛇、虎和龟的雕像。凯朗绕了一圈，然后在龟前弯下了膝盖，抚摸它的壳。以前学校出游时，一位比丘尼曾经为我讲解过，每种动物对应着一个季节。

"有五个。"凯朗指出。

"蛇就像枢纽，有了它才能从一个季节过渡到下一个。龟是冬季的守护神。如果龙，也就是春天，没有找到蛇，那龟就不会让位。"

凯朗低下了头，将手指按在龟颈部的褶皱处，研究雕像是如何装在木质底座上的。这姿势他保持了好久。

远处岬角上，薄雾中，一座亭融进了天空。我们向那边跑去。雨点敲打着地面，附近海滩铁丝网另一边的事物已经完全看不清了。每隔一段固定距离就有一个哨所，机枪口从中伸出。我指着它们说：

"法国的海滩一定更热情好客吧。"

"我不太喜欢南部的那些。很多人聚在那里，但看他们的神色，似乎谁都不大情愿久留。我更喜欢诺曼底的海滩，更冷冽，更空旷。那里也承载着战争留下的痕迹。"

"您那里的战争已经结束了。"

他靠在栏杆上。

"当然结束了。但如果深挖脚下的沙，就还能找到骸骨和血迹。"

"不要取笑束草。"

"我不知道您为何这样说。我从未取笑过束草。"

"您那边的海滩，战火曾横跨而过，虽然痕迹仍在，但人们已经抬眼向前。这里的海滩仍在等待战争的结束，这场战争从很久很久以前就已经开始了，久得让人以为它已经结束，于是人们建起酒店，挂上彩灯，但这一切都是假的，现在的情况就像是在两段海蚀崖之间悬了一条绳子，人们如杂技演员般从绳上走过，完全不知道这条绳子什么时候会断，我们生活在似是而非之中，而这冬天永远不会结束！"

我掉头往回走。凯朗跟了过来。我双手颤抖，定定地看着前方。

"去年夏天，一位来自首尔的女游客被朝鲜士兵枪杀了。游泳时，她没有意识到自己已经越过了边界。"

"请原谅我。"凯朗说。

我垂下了双眼。

"但我也不了解您的国家,"我放松下来,"我家就是束草的。"

"不只是……"

他突然抓住我的腰,把我拉了回来。一条冰柱摔落在我刚才站的地方。他没有立刻把手拿开。比丘尼开了门,焚香的味道消散入雨。

终于，到阴历岁首了。我为民宿准备好年糕汤，然后回到副屋，告诉凯朗今天是假日，所有地方都会关门。他感谢我对他的关切。朴大叔此前已经和他说过这件事，他去了便利店，备好了方便面。

"您为什么都不来尝尝我做的菜呢？"我问道，很是受伤。

"我不喜欢吃辣。"他答道，一副惊讶的表情，似乎压根没有想到自己需要为这种事解释。

"我的年糕汤不辣。"

他耸耸肩，说下次试试。我逼着自己笑了笑。我向写字台望去，凯朗侧了侧身，让我进了屋。

一些画用的是铅笔，另一些用了墨。凯朗在描绘漫画主人公的时候，手法如此自信，对一切了然于心，他闭着眼睛都能勾勒出人物形象的各种姿态。这位主人公来到一座城市。我认出了束草的那些酒店。边境，杂乱无章的铁丝网。摆着佛像的洞窟。他从我的世界中取出这些元素，置入自己的想象，用了灰色。

"您从不上色？"

"色彩并不是最重要的。"

我疑惑地噘起了嘴。束草可是个五颜六色的地方呢。他把一幅雪山风景拿给我看，在这幅中，他把太阳画在了正空中。略微几笔勾勒出山岩的轮廓。其余部分都是空的。

"真正能够雕凿画面的，是光。"

仔细观察这幅画时我才发现，我的目光并不会落在墨迹上，我只会看到两条笔道之间的白色空间，这是被纸张吸收的光所占据的空间，积雪亮得晃眼，逼真之至。它就像一个形意符号。我一幅一幅地继续看。画格开始扭曲，逐渐模糊，仿佛人物试图在画格之外找到自己的方向。时间发生了膨胀。

"您怎样判断故事的结束时机？"

凯朗朝写字台靠了靠。

"主人公会走到某个阶段，那时我可以说，在我之前他已经存在，在我之后他还将继续生活。"

房间狭窄，所以他站得离我很近，我能感觉到他的体温。我问他为什么他的主人公是一位考古学家。凯朗似乎觉得我这个问题很逗。

"一定有好多人都问过您这个问题……"

他笑了，说很少有人问。然后他给我讲漫画的历史，讲两次世界大战之后崛起的那些欧洲创作者，还讲了曾对他产生过影响的那些漫画人物：菲勒蒙[①]，若纳唐[②]，科多·马第斯[③]。都是旅行者。都是独行侠。

"我想，"他说，"我原本希望我故事的主人公是一名水手。但这是不可能的，因为已经有科多·马第斯了……"

我耸了耸肩。

"我呢，我从来没有听说过这些漫画人物。在我看来，大海足够广阔，可以容纳许多个主人公。"

凯朗看向窗外，说也许吧。归根结底，到底什么是主

---

[①] Philémon，法国漫画家弗雷德（Fred，原名 Fred Aristidès）笔下的喜剧主人公；1965 年最初亮相于《飞行员》杂志。

[②] Jonathan，瑞士著名漫画家柯赛（Cosey，原名 Bernard Cosendai）的漫画系列《若纳唐》中的主人公，他一人独自漫游世界各地。

[③] Corto Maltese，意大利漫画大师雨果·普拉特（Hugo Pratt）的漫画作品《七海游侠》中的冒险主人公。

人公还有待讨论。他的漫画人物只是一个人，一个通过所有人的故事来寻找自己故事的人。考古只不过是个设定罢了。设定成别的职业也一样。

"您的漫画里只有些许几个人物。"我说。

我犹豫了一下。

"……没有女人。"

凯朗仔细盯着我看。他在床边坐下。我也坐了下来，注意与他保持一定距离。

"他难道不会想念女人吗？"

"当然会。"

他笑了。

"绝对会。但事情没有这么简单。"

他靠近写字台，手指滑过纸边，然后又坐下，一副若有所思的样子。

"一旦用墨描过，就不能改了。我想确保完美无瑕。"

他的手擦过我的手。我想起那两次，在厨房里，在博物馆里，他曾抓住我的手。一种软绵绵的感觉几乎让我无法动弹。凯朗到底在等待什么，到底多完美的女人才有资格与他的主人公相遇？

"现在我还无法只用一笔就让读者明白所有内涵……"

他一边把画整理好一边喃喃自语。

他把最上面一页撕了,扔进了垃圾桶。祝我阴历岁首快乐。

母亲让我去她房间拿手套。我在淋浴间和床之间找到了，在一个装满指甲油的盒子里。煎蛋卷糊已经干在橡胶面料上了。我抠了抠，没有掉。我给它泡了泡水，它才变软并脱落。

厨房里，趁母亲准备清理河豚内脏的工夫，我往牛肉汤里加了点大葱，然后着手切打糕，眼镜上满是雾气，我已经什么都看不见了。

"我要去买隐形眼镜。"

"你戴眼镜还挺好看的。"

"那天你还和我说做手术的事呢。"

"我可从来没说过。"

"反正我不需要你指手画脚。"

母亲皱了皱眉。她递给我一条墨鱼，让我剁成泥。我切掉触手，把手伸进墨鱼头里，取出墨囊。牛肉和生鱼的气味混在一起，刺鼻，浓重。我脑海中浮现出凯朗坐在写字台前的样子。他咬着嘴唇，手空游一番之后才会落到纸的某个特定位置上。烹饪时，我总是会去预想这道菜的最终效果。外观，口感，营养价值。他画画时，给人的印象是他只考虑前臂的动作，画面似乎就这样诞生了，完全没有任何事先构思。

河豚在拍打挣扎，母亲捶了它一拳。一种粉红的液体从鱼头处流出。她割下鱼鳍，利落地扯下鱼皮，然后才留意到那团粉色，虽然没了皮，但河豚仍在挣扎。她一刀划开了它的喉咙。到关键环节了：取出饱含毒素的内脏、卵巢与肝脏，注意不要刺破。我看着她做。她从不允许我处理河豚。

"你喜欢这份工作吗？"

"为什么问这个？"她一边嘟哝，一边在鱼肚子上划了一刀。

"就是想问问。"

她用刀尖挑开鱼腹，扯出肠子，把那些致命器官摘了出来，然后小心翼翼地包进袋子，扔进了垃圾桶。她瞟了一眼我的工作台，突然惊呼道：

"墨！"

大姨化着浓妆，穿着黑色套装，看到我和母亲都穿着韩服时，她笑了起来。现在怎么还有人穿这种衣服！我母亲也笑了。后悔的笑。我们把餐桌支在厨房一角，那块地铺着瓷砖，这样不会把坐垫弄得太脏。

大姨看到河豚刺身兴奋至极。在首尔她可绝对不会吃这道菜，声称拥有河豚制作资质的全都是日本人，她不相信他们。二十克有毒的鱼肉足以让一个人窒息而死，日本人看到韩国人像兔子似的挤在笼子里尽数死翘翘一定会乐疯的。她皱了皱鼻子。说到饭菜，这道墨鱼怎么灰不溜秋的？

"你外甥女捅破了墨囊。"母亲哀叹道。"真是不能让她手里有把刀。"

她给碗里盛满了年糕汤，给杯子斟上了烧酒。

"话说回来，"她继续说，"你觉不觉得在民宿工作后她气色变差了?"

大姨回话说她一直觉得我一脸病恹恹的。她扫视了一圈厨房的墙壁,然后得出结论:一脸束草样,没跑儿。我专心喝汤,专心看我的脸在汤面上的倒影。勺子搅动之下,鼻子模糊了,额头起伏不定,脸颊也融到了下巴上。大姨觉得年糕汤太淡。我没有细品,只是一味往肚里灌。母亲加酱油时,她姐姐被溅到了,嘟囔着说这种丝绸可贵了。为了躲过争吵,母亲对我说:

"你怎么都不说话呀,跟你大姨聊聊天。"

我提到了那位漫画家。

"又说他!"

"他是法国人。"

母亲僵住了。大姨冷笑说法国人只会花言巧语,只有傻瓜才会落入他们的圈套。

"关于法国你又了解多少……"我轻声说道。

母亲说这桌上没人懂一丁点漫画,还是换个话题吧。我又盛了一碗汤,夹了一片河豚。

"他的画很漂亮。让人想起欧洲十九世纪的印象派,但在细节处理上有时会非常写实。"

母亲在坐垫上扭动了一下,然后转头朝向吃得心满意足、倚在墙上的大姨。

"她就要和俊吾结婚了。"

大姨摸了摸我的臀部和大腿。在她碰到我乳房之前，我挪开了。她说这样很好。她会负责我的衣服、化妆，然后她瞥了我一眼，还有我的眼镜。母亲说我想戴隐形眼镜，我是不是个随心所欲、娇生惯养的孩子？大姨不同意，她一直都觉得我的眼镜丑死了。做就做到底，干脆直接手术得了。江南区的手术费现在也没那么贵了。如果母亲钱不够，那她来给钱让我做。

"这不是钱的问题。"母亲边说边又给我盛了些汤，"她戴眼镜已经够美的了，不需要再做什么了。"

我再也无法来回挪动勺子往嘴里送了。在烧酒的作用下，大姨呼吸声变大了，下巴泛着光。她又看了看我，问我为何狼吞虎咽。母亲慌了神，告诉她不要对我说这种话，我好不容易才这么吃一次饭。我的手指紧紧握在勺子上。大姨又盛了一些泡菜，张着嘴嚼。嘴唇开合间，几块泡菜渣喷了出来，落在碗碟间，还裹着薄薄一层淡红的唾液。我抬起头，不再看碗，盯着那几块泡菜渣，然后盯着大姨。她瞪了我一眼，用筷子尖把它们夹走了。我站起身，穿上了大衣。我要回民宿了。大姨对母亲挑了挑眉。

所以我不去墓地了？母亲恳求地看着我，然后向她姐姐做了个无奈的手势，目送我离开。

这个时间已经没有巴士了。步行回去，双臂抱着被我自己撑到发痛的肚子。

到副屋了，我尽量不发出声音，但凯朗还是从门缝里探出了头。我关上房门，看到了镜子里的自己。头发被风吹乱了，蛇蜥般散落在脸周围。裙子上满是沙子和泥点。希望凯朗忘记我的这副模样。希望他没有看到我。别看到我这个样子。别看到身体装满汤以至于变了形的我。睡觉。

我醒来时口干舌燥,四肢麻木。天黑着,闹钟显示四点。腹部好重。我又闭上了眼。再次睁眼时,已经十点了。我痛苦地把自己从被单里拽出来,给房间通风,从窗边取了一点冰来给浮肿的脸降温。

在前台,关于我迟到这事,朴大叔没说什么。早餐是他安排的。他没有抬眼,一边继续读报纸,一边说整个晚上那个女孩和她的男朋友都在他们自己的房间里,他一个人坐在电视机前吃了阴历岁首晚餐,听上去很惨但其实是件好事,因为我的年糕汤烧得太软了,真有人来吃的话,那会影响民宿声誉的。电视节目很有趣,一场流行歌曲比赛。

凯朗来到厨房,拿着便利店买来的松饼。我开始洗餐具了。摆出一副忙碌的样子。他站着,一边看窗外一边吃东西。明亮背景映衬下,那鼻子让他的侧脸看起来像海鸥。我强迫自己将目光移开。朴大叔打开了收音机。时下正火的某个韩国流行组合的最新主打歌。凯朗皱起了眉。

"您也是,您也受不了这音乐?"我问道。

"我不敢这么说。"

我们都笑了。我关了收音机。要是没有关就好了。那寂静比三周前的降温还要寒冷。女孩的男朋友走进厨房。他给自己冲了杯咖啡,刮了刮鼻子,又走了出去。我看向凯朗的时候,发现他正在看我,目光交会让他吓了一跳。他没有垂下眼睛,我背过身去。他一定觉得我很可怜。我当着他的面接了俊吾的电话,假装很高兴。公司雇了他。两天后他回来拿东西。我们可以见个面吗?当然。但是来之前他得给我打个电话。不要不打招呼就来。

我挂断电话时,凯朗已经坐到了餐桌边,笔记本放在面前。他低下头,把头发往后撩了一下,铅笔落在纸上。一笔又一笔,我看到出现了一个屋顶。一棵树。一堵矮墙。几只海鸥。一栋建筑。和束草的房子不一样,是砖砌的。他在房子周围画上了草。不像这里的草,这里的草被冬天的霜冻、夏天的太阳打蔫儿了,画上的草却很肥。然后是一条腿。一条又一条母牛的粗腿,然后是整头牛。远处，港口和石楠荒原，多风的山谷。最后，凯朗快速挥动铅笔，给画面打上了阴影。他把这张纸从笔记本上撕了下来，递给我。他的诺曼底。他把它给了我。

母亲脖子缩在围裙里，正在撬海贝。一声不吭。既然她不让我碰她的工具，那我就坐她边上看鱼缸。她还在生我的气。过了一会儿，她削了一个苹果，放到我腿上。

"来。医生跟我讲应该吃苹果。"

我咬了一口，市场上突然出现了一阵骚动，于是我不再关注苹果。伸长脖子想看清楚到底怎么回事。过道尽头，凯朗。鱼嫂们笑眯眯地，争先恐后地给他看大章鱼。母亲也看到他了。她检查了一下摊位是否干净，理顺了头发，重新涂了点口红。我本想逃跑，但为时已晚，他走到了我们的摊位边。

"没想到您会在这里。"他说，看上去惊喜万分。

他想知道我是否有空，他的故事有了一些进展，希望能讲给我听。母亲一巴掌拍在我屁股上。

"他说了什么？"

我无地自容，问凯朗能否约下午五点见，在市场对面的小咖啡馆，海啸避难所边上的那家。母亲眯起眼睛，他礼貌地笑笑，权作回答。他离开后，我转向母亲：

"就是他。"

"他想干什么？"

"约着一会儿见面。"

"周日你回家睡觉。你告诉他了吗？"

我没有回答。

"我可看到他看你那眼神了。"

"我们见面是谈他的工作！"

母亲又拿起了她的抓钩。手一滑，打翻了箱子。海贝洒落到了其他鱼嫂脚边，她们止不住地嗤笑。母亲趴到地上，我想去帮她，但她把我推开了。于是我一直站着，站到她起身，站到她的姐妹们闭嘴。之后我就离开了。

那张宝丽来照片还躺在凌乱的被单里。墙上也贴着一些。我随手摘下一张。俊吾拦腰抱着我。我正在笑。那是在首尔，我们在庆祝我的毕业典礼，不久之后他就跟着我来到了束草。我一边看照片，一边动了动唇齿，说了几个法语单词，没有出声。句子开了头。声音不小心冲出口。我立即闭上嘴。把照片放了回去，把我的东西都收到了一起。一本关于猫的箴言集，一条套头毛衣裙，一些花式吊袜带。此前我已经把常用物品放到了民宿，其余的都在母亲家。

海滩上的风已经减弱了。波浪不规律，打嗝似的。海鸥在沙滩上刨，晃晃悠悠地避开我。有一只例外，它走起路来一瘸一拐的。我追着它，直到它飞走。我觉得海鸥只有在空中飞翔的时候才是有尊严的。

在乐天玛特，在众多硅水凝胶隐形眼镜中，只有一款与我的镜片矫正度数相符，它有放大瞳孔的效果。我还是把它买下来了。

回到民宿后，我洗了一批衣服。朴大叔的米色马甲，我的另一条套头毛衣裙，女孩的睡衣裤。只能手洗，洗衣机管道结冰冻裂了。我穿上了遮盖效果更好的连裤袜。我的那道伤疤真碍眼。我本想戴隐形眼镜。第一片戴上去，眼前雾蒙蒙的，我选错了矫正度数。第二片死活不愿意往角膜上粘。我迟到了,凯朗得等会儿了。我有些紧张,伸着舌头,扒开眼皮,再次尝试。镜片从手指上掉了下来。我摸索着找。最后我把它们放回盒子,把眼镜架到了鼻子上。

咖啡馆里除了我们就没有别的顾客了。坐暖气边，方便烘干鞋子。窗台上，一些迷你家具摆得就像娃娃屋。天黑了。收银台旁边的冷藏柜台里，两块派饼售价一万五千韩元，蜗牛精华粉底液的价格也是一万五千韩元。女服务员送了我们一碗鱿鱼干。我认出来了，她就是我在汗蒸房见过的那个女孩，和我年纪相仿、乳房下垂的那个。她在我的卡布奇诺咖啡上用焦糖画了一颗心。凯朗那杯上是一只小鸡。

凯朗拿起一条触手，在指间捻动。

"小时候，"我说，"母亲曾告诉我，如果一边喝牛奶一边吃鱿鱼，血管里就会长出触手。也许是长出蠕虫，我想不起来了。"

我笑了。

"我想这只是一个把戏，目的是阻止我喝牛奶。我消化不了牛奶。您呢，您喜欢牛奶吗？"

"我更喜欢葡萄酒。"

"束草没有葡萄酒。"

他专注地看着鱿鱼，没有答话。我后悔说了这些。桌子上我的手机开始振动。屏幕显示俊吾。我把手机放到包里。

"我在这里很少见到您这个年纪的人。"凯朗说。

"他们全都离开了。"

"您不会觉得太无聊吗？"

我耸了耸肩。

"您没有男朋友？"

我犹豫了一下，然后说没有。男朋友。我从来都没有搞懂过这个词，它的法语版本我也不懂。为什么要用"小"这个词来形容情人[①]？

"您呢？"

他结过婚。出现了片刻沉默。

"那么，"我问，"您现在到什么程度了？"

"和我妻子？"

---

[①] "男朋友"的法语是 petit ami，字面意思是"小朋友"。

"不，我是说您的主人公。"

他浅笑一声，几乎是在叹气。他画了一些草图，但还没有任何成稿。每一个故事都是下一个故事的草稿。到底哪个才是最新的，他已经不知道了。

"我想，我害怕失去这个世界，它一旦完成，我对它就没有任何掌控权了。"

"您不相信您的读者？"

"这不是关键所在……"

他开始撕触手。

"每次都是这样，我亲手写下的故事离我自己越来越远，它终归会按照它自己的思路继续发展……于是我就开始想象另一个故事，但手下正在进行的这个故事仍会在纸上成形，虽然我不理解它，却必须完成它，最后，当我终于能够开始新故事的时候，这一切又会重演……"

他的手指使劲攥住触手。

"有时候我觉得自己永远也说不清我真正想说的话。"

我想了想。

"也许这样更好。"

凯朗抬起了头。我继续说：

"真说清的那一天，可能也是您的停笔之日。"

他一言不发。我朝桌子靠了靠。

"这个故事讲的是什么？"

他觉得与其给我讲不如给我看。我没有坚持。一个女人进了店，她手里拿着一盒红豆面，一阵穿堂风，门又关上了。雨水打在窗户上噼啪作响。凯朗重新扣上了大衣：

"冬天总是这样吗？"

"今年比较特殊……"

那女人站在柜台前，服务员拿着腌黄萝卜走了过去。凯朗看了她们一眼，然后转过头来，神态轻松了些。

"我一直在想，面条到底来自中国，还是来自意大利。"

谁知道呢，在世界这两端，两边的人都在按照自己的想法书写历史。我了解欧洲菜吗？我说我不喜欢意大利面。他笑了，我应该尝一下正宗的，在意大利尝尝。

我垂下了双眼。他的笑声戛然而止。

"对不起，我不应该这么说。"

"无论如何，"我说，"您为什么来束草，这件事我怎么也搞不明白。"

"没错，如果没有您的话，我也不知道该在这里做些什么。"

我愣住了。

"开个玩笑。"他这样说着却没有笑。

他把鱿鱼屑堆在桌子一角,又拿起一条触手。

"不要把食物当玩具。"

他把它放了回去。两个女人一眼一眼地偷偷瞥我们,她们一边低声交谈,一边用筷子戳面条,并没有吃。房间里弥漫着炸洋葱圈的味道。

"她们在说什么?"凯朗问。

"闲聊。"

他点点头,缓缓地。我忽然觉得他好孤单。

"这一次,结局,会是最终结局吗?"我问他,话音更轻柔了。

"也许不是。但就目前而言的确是的。"

我拿了一条触手,用它来搅拌杯底。他没有碰过他的那一杯。牛奶开始让我感觉肚子发胀。我重新调整了一下套头毛衣裙,想要盖住我的肚子。

"酒红色很适合您。"凯朗说。

"不,太大了,原本是我大姨的。"

"我说的是颜色……"

我们都沉默了。那两个女人切了两块粉红色的蛋糕,各自看着自己那一份却不去碰。她们不再说话。屋外天已经黑了。透过窗户，能隐约看到鱼市。一张张防水油布下的摊位，如同一具具石棺。

"事实上，"凯朗说，"现在只缺她一个了。"

他盯着我肩膀附近的某个点。

"将会与我的主人公在一起的那个女人。"

"您还没有找到她？"

"天气这么冷，事情可不容易办。"

我看了他一眼：

"这不能怪我。"

"您说什么？"

"天气冷这种事，"我生气了，"不能怪我。"

他扬了扬一边的眉毛，然后继续说：

"您觉得她会是什么样的？"

我说我没看过他的漫画。

"没关系，我欣赏您的观点。"

我想知道，他的主人公在寻找什么。

凯朗把胳膊肘架到桌子上。

"这似乎是显而易见的。"

"我不觉得。"

"一个永远不会结束的故事。一个无所不包的故事。每个人都能理解这个故事。一个童话。一个彻彻底底的童话。"

"童话是悲伤的。"我说。

"并非所有童话都是悲伤的,不是的。"

"韩国童话都是悲伤的。您应该读一读。"

凯朗转头看向窗户。我心有不满,一字一顿地说:

"那这个童话中的这位女人,她比其他人多些什么呢?"

他想了想。

"她是永恒的。"

我的喉咙里起了一个肿块。对他而言我的意见怎么可能重要呢?无论我说什么,他今天晚上要见的女人,都是那另一个。无论我做什么,他都会那么遥远,都会心里念着他的画。还是回他的诺曼底去吧,这个法国人!我舔了舔残留在触手上的奶油。站了起来。我还有工作要做。凯朗仔细打量我。然后垂下了眼睛,用法语说他陪我回去,似乎是在说给自己听。

"我不想让人陪。"

在街上，我多想转身，我多希望他能坚持要求和我一起走，我多想去求他，让他追上我。但他只是跟在我身后，保持一段距离，就这样一直走到了民宿。凯旋门上，海豚靠一片鳍吊挂着。它因霜冻而爆开了。微笑也倒了过来。

两天后，午夜时分，俊吾回来了。他的巴士因大雪延误了。我在公共活动室等他，准备了一些凉拌鱿鱼，他不想碰，他已经吃过了，从今以后要注意身材了。

在去副屋的路上，我向他指出他从来没有问过我这边的情况。他回答说我也从未给他打过电话。他再也无法忍受这种距离。我必须和他一起去首尔，他的工资足够供两个人生活，我可以边住边找工作。我叹了口气。我们已经谈过这件事了，我不能把母亲丢下。她可以过来和我们一起住。我摇了摇头，她在那里没有工作，而且我也不想和她住在同一个屋檐下。俊吾捏紧了我的手。他不能放弃这份工作，这是一个机会。我想起了首尔。酒，笑，夺目的灯光，被喧嚣炸开的身体，还有那些女孩，所有那些身形完美的女孩和男孩，那是一个翘臀挺胸、扭动腰肢、不断膨胀的城市，我告诉他的确如此。我告诉他不应该为了我而放弃这份工作。他说我真傻。他说他如此爱我。

在床上我们谁都不说话。看着天花板。最后，俊吾小声说，他明天会坐巴士离开。我的脚冰凉。我紧贴着他。他撩起我的头发，寻找我的脖颈。我小声说隔壁有人。随着呼吸越来越沉，他拉起了我的睡裙，舔我的腹部，继而隐入我的双腿间。我又抗议了一下，然后就随他了。唯一的欲望就是成为欲望的对象。

我早早起来准备早餐。当我回到副屋的时候，俊吾正在浴室门前等，他光着上半身，胯上围了一圈浴巾。凯朗拉开门，出现在一团蒸汽中。看到俊吾时，他愣了一下，继而冲我点头致意，回到自己房间并关上了门。俊吾笑出了声，他从未见过这样的鼻子。我回了一句，他可以在手术时做一个这样的。他看了我一眼，惊讶万分。我变了。我吻了吻他的额头，是他想太多，要抓紧时间了，巴士不等人。

前台桌子上放着一个大纸箱。妈妈早上给我送来的，朴大叔告诉我。她没说要见我。里面装的是鱿鱼米肠。

我准备进厨房，把米肠放入冰箱，透过玻璃门，我看到了那个缠着绷带的女孩。她在吃蜂蜜打糕。加热过头，拉丝了。她咬了一小口，然后将手机举到耳边，夹在绷带间的嘴唇有了些动作。挂断电话后，她非常平静，用两根手指夹住绷带。开始拉。皮肤一点一点地露出来，我可以看到伤口在渗液。眉毛还没有长出来。她看上去像是一个重度烧伤患者，那张脸既不像男的也不像女的。她将一片指甲戳进脸颊，挠了挠。使劲抠。向下挖。转着圈掏。浅粉色的碎屑落在她的膝盖上，地砖上。最后，她环顾四周，似乎被什么东西惊到了。她拿起我用来擦干碗碟的抹布，把绷带和碎屑仔细归在一起，堆在盘子里的打糕上，然后将所有东西一起扔进了垃圾桶。

我躲在前台桌子后，怕她走出厨房时看到我。

下午两点，她启程回首尔了。

粉色灯光落下，艾迪特·皮雅芙①的歌声从收音机里传出，朴大叔吸着面，狼吞虎咽。他让我用肉汤煮的，他吃腻了海鲜。收音机开始发出刺啦声。朴大叔把它关上了。他站在收音机前一动不动，说下午他在桥那边又看到了两家宾馆，新开的。他别无选择。他会借钱，在夏天来临之前完成二楼的翻新，否则民宿将无法经营下去。

在我那碗汤的汤面上，一块泡菜晃荡着，周围一圈油。我想起了女孩的痂。我尽量表现得随意，问朴大叔是否看到了那个法国人。俊吾离开已经三天了，这三天来，凯朗一直把自己锁在房间里，门上挂着"请勿打扰"。他不再给我任何东西让我洗，不再来公共活动室读书。我只能在浴室里感觉到他的存在，通过水槽里的牙膏痕迹、越来越小的香皂。昨天我在便利店门前遇到了他，他从我身边走过，一句话都没有对我说。当时雾很浓，但我们之间只隔着两米。

朴大叔嘟哝着说，此外他还得再去看牙医。我瞥了他一眼。咀嚼时，他的喉咙颤得就像刚刚出生但即将死去的小鸟。

傍晚，我给俊吾打电话。我问了问他那边的情况，然后告诉他我要和他分手。出现了片刻沉默。我以为他已经把电话挂掉了。他问为什么。我起身，拉开了窗帘。雨夹雪飘落。一个身影用报纸遮着头，匆匆走过。深入小巷，继而消失了。俊吾声音微弱，只说他累了，他要挂电话了，我们以后再谈这件事。

我脱掉了套头毛衣裙。更加靠近窗户，直到腹部和乳房压在玻璃上。被寒冷麻醉之后，我就躺到了床上。

墙的另一边，一只手动作缓慢。枯叶在风中起舞。这声音中没有任何暴力。只有悲伤。准确地说是忧郁。女人不得不蜷在他的掌窝里，环在他的手指上，舔着纸张。整

---

① Edith Piaf（1915—1963），法国著名香颂女歌手，代表歌曲《玫瑰人生》《我无怨无悔》等。

晚我都能听到她的声音。整晚我都想扯起双手来捂住耳朵。这种折磨直到凌晨才结束,钢笔终于沉寂,精疲力竭的我睡着了。

第四天傍晚，我实在忍无可忍，敲响了他的门。我听到他在开门之前先盖上了墨水瓶。赤脚，黑眼圈。套头毛衣下的衬衫皱皱巴巴的。写字台上，一沓沓的成品与草稿，一碗方便面。我犹豫不决。

"那天，那个男孩，不是您想的那样……"

凯朗皱起眉，似乎在努力回想我指的是什么。然后他面露惊讶。我觉得自己像个白痴。我问他是否需要些什么，他说不需要，他对我表示感谢。他必须继续工作了。

"我能看看吗？"

"最好还是别看了吧。"

我的尴尬变成了愤怒。

"为什么？"

"如果我现在就把这个故事亮出来，那它就绝对不会出版。"

"以前您会让我看的……"

凯朗挪了挪身子,似乎想把写字台挡起来不让我看到。他把一只手放到了脖颈后侧。

"非常抱歉。"

他请我离开,他没有什么可展示的,他必须工作了。

我滑上了门,然后又把门拉开,颤颤巍巍地说:

"您的主人公。如果他像您这样,那他就找不到她。在这里是找不到的。这里没有任何他想要的东西。"

凯朗正准备下笔。他的手悬在空中。笔尖上,一滴墨涨大,即将落下。我似乎看到一丝不安从他脸上闪过,然后墨落纸上,淹没了风景一角。

我穿过小巷径直走到主楼,径直走到厨房,我拆开了母亲的鱿鱼米肠,蹲在地上疯狂地吃,填满这让我窒息的身躯,把自己塞到喘不过气,我越是吞咽就越是感到恶心,嘴唇越来越慌,舌头越搅越快,直到我被鱿鱼米肠灌倒,我的胃七扭八转,口中的酸浆喷到大腿上。

走廊里点亮了一盏绿灯。脚步声。朴大叔走了进来。扫视房间。我的头发,盖得满脸都是。他环抱着我,像安抚婴儿似的拍拍我的肩膀,然后把我裹进他的大衣,陪我回到房间,一句话都没有说。

次日，我机械地做我的工作，腹部胀气令我筋疲力尽。我一有时间就把自己关在房间里，躺在烧热的地板上，腰下塞个软垫，双腿双臂张开，尽可能不与自己的皮肤发生任何接触。我只有穿着睡裙才能舒服些，没有松紧带掐着我的腰。我望向窗外。

房门上响起了两下敲门声。凯朗。他需要再去一趟超市。不需要我陪他一起去，只是我能不能帮他翻译一个词。

我屏住呼吸。

他只好说没关系，他自己想办法吧。他沉默了片刻。然后又加了一句，用的是法语，他说我是对的。多年来他一直把自己当成漫画主人公。他不会再浪费我的时间，他要回家了。四天后。

然后他就走开了。

我拖着步子回到床上，在被子下如胎儿般翻滚。

他没有权利离开。没有权利带着他的故事离开。没有权利去世界另一端展示那个故事。他没有权利把我一个人丢在这里，让我的故事在岩石上干涸。

这不是欲望。这不可能是欲望，不可能和他，那个法国人，那个外国人。不，这一点可以肯定，这与爱情或欲望无关。我感觉到了他眼神上的变化。起初他对我视而不见。他知道我在那里，他就像潜入梦境的蛇，就像捕猎的野兽。他的目光，实体的、坚硬的目光，闯入了我的身体。他让我意识到了我原本不知道的某种东西，他让我意识到了我的另一部分，在那边，在世界的另一端，我只想要这些。生存在他的笔下，在他的墨里，沐浴其中，让他忘记其他所有女人。他说他欣赏我的观点。他这样说过。说的时候就像在讲一个冰冷残酷的事实，他的内心丝毫没有被触动，被触及的，只是他的清醒。

我不想要他的清醒。我想让他画我。

这天晚上，趁他去浴室的工夫，我走进了他的房间。一张张画叠放整齐。一个被唾液浸湿的纸团躺在垃圾桶里。我把它展开。粘手。女人被撕烂了，但依稀可辨的轮廓足以让我脑补他没有画出的那些线条。她在睡觉，下巴枕在张开的手掌上。我多希望他为她、为这个妖精注入生命，我多希望她终于走入人世间，这样我就能把她撕成碎片！我靠近写字台。墨在瓶中闪闪发光。我用手指蘸了些墨，涂在额头上、鼻子上、脸颊上。墨水滴落唇间。冰冷。黏腻。我又把手指放入瓶中蘸了蘸，让墨从下巴顺着静脉一直流到锁骨。然后我回到了自己的房间。一滴墨落入眼睛。在灼烧感的刺激下，我紧闭双眼。当我想要再次睁眼的时候，墨已经把上下眼皮粘在一起了。我不得不对着镜子一根一根地扒开睫毛，眼前才再次出现了我的样子。

三天过去了，时间流逝，节奏慢得有如涌浪时的船。凯朗不出屋，夜里很晚、估摸着他睡了我才会回到自己的房间。每晚我都会步行去港口。男人们准备出海捕捞鱿鱼。他们在汤饭店那里拖沓着，扎紧冲锋衣，避免腰部或颈部漏风，继而前往码头，登上二十四艘船，点亮从船尾拉至船头的长串灯泡，在远离海岸的地方利用这些灯招引鱿鱼。嘴巴不说话，双手在雾中，盲目地，忙个不停。我一直走到栈桥尽头的亭子前，海水打湿了皮肤，让脸颊落满盐，舌头也沾上了铁的味道，很快，成千上万的彩灯开始闪耀，渔民们松了锚，他们的灯光陷阱向开阔处移去，缓慢而骄傲的行列，如海上的银河。

第四天上午,在洗衣房整理脏衣服时,我发现了一条裤子,一定是那个缠着绷带的女孩落下的。我脱下了连裤袜,想要试穿。大腿在裤筒里晃荡,但扣子却系不上。我噙着泪,把裤子脱了下来。当我想重新穿回连裤袜的时候却发现它脱线了。我蹲下身准备在衣服堆里再找一条,然后就看到凯朗走了进来。

他靠门站着,手里拿着一袋衣服。我使劲拽套头毛衣裙,想要遮住双腿。我告诉他我正在按照颜色分类,他把衣服放下就好。他掏衣服的样子很笨拙,似乎手臂与躯干相比长得太长了,掏着掏着他改了主意,算了不麻烦了,他的巴士明早十点就要出发了。

"故事出版后,我会给您寄一本。"

"您不必这样做。"

他坐下来与我平视。洗衣粉和汽油的味道让我头晕。

"在那之前,我可以做点什么来向您表示感谢吗?"

我赶紧把衣服放进洗衣机。站了起来。我想离开,但凯朗把手放到了我膝盖后面。他没有看我,眼睛盯着地面,向前弯腰,慢慢地。直到他的脸颊贴到我的大腿。

滚筒中,衣服吸满了水,开始旋转。声音沉闷。升高,然后回落。重重地。再次升高并回落。旋转,回落,速度越来越快。直到只剩下一窝旋风,直到这旋风猛撞玻璃。耳中不再有洗衣机声。这种状态没有持续多久。最多几秒钟。然后洗衣机的声音又回来了。

"我希望您能尝尝我做的菜。"于是我说。

我垂下了双眼。凯朗盯着洗衣机。他的心思已然走远,似乎他刚刚输掉了一场战争,似乎疲倦已经战胜了他。他站了起来,低声说:

"当然。"

然后他离开了,关上了身后的门。

晚饭后,母亲和我躺在床上看电视。母亲坐在我背后,两条腿一边一条伸在我胯两侧。

"你这还是头一回周六来看我。"她一边说一边给我按摩后颈。

"朴大叔明天去首尔,得由我来看民宿。"

女主持人在模特假人身上展示了如何利用装有毛发和稀胶水的喷雾器制作胡须。母亲饶有兴趣地盯着电视,兴许俊吾也上节目了呢,但很可能认不出来,电视上他们都长一个样。无论如何她还是很高兴,他会出名的。我想,得找一天把分手的事告诉她。她开始揉搓我的肩膀,在锁骨处格外用力,她觉得那里太突兀了。她用手指压的时候我就会向她的脚弯去。锁骨上的皮肤太糙了,糙得像石子。

"你应该涂点护肤霜。"

"呃，对了……"

插播广告的时候，她从厨房里拿来一袋柿子果冻。名牌。大姨给的礼物。母亲把吸管戳入瓶盖，双眼闪闪发光，她给我留的。我提醒她我不喜欢果冻的质感。母亲看了看标签，好生失望。这东西不能放。她靠在床头板上尝了尝。电视上正在介绍治疗毛孔粗大的妙方。我从她手中接过果冻，开始吮吸。果冻软塌塌地顺着脖颈而下。母亲可算松了一口气，节目回来了，阴极射线管再次向我们放送那些小克隆人。

黎明时分，在母亲醒来之前，我穿过卸货棚来到鱼市。手电筒的微光所到之处，缸中章鱼翻腾蠕动。随处散落的碗碟，装满橙色液体的瓶子。酸味。鞋底落在水泥地上，溅起的水花拍回地面。脚步声被放大了。就像在水下时听到的失真的声音。

母亲的河豚漂在缸里，一条条张着嘴，一脸惊讶。她已经拔掉了它们的牙，避免它们互相伤害。它们的嘴唇好厚。为了问心无愧，我选了看起来最蠢的那条。出水后，它开始狠命拍鳍。慌乱中，我用力过猛，捏碎了它的头。我把它包在袋子里，这样就不会一路滴血到民宿了。

天空泛起红光。我把鱼放进冰箱，好好洗了个澡，套上了腈纶直筒连衣裙，然后摸索着戴上了隐形眼镜。这一次，眼镜吸上了角膜。我选了一支黑色眼线笔，画了上眼线。我的睫毛膏已经干了，必须把它在水里泡一会儿才能用。我把头发盘成松散的发髻，退后一步细看镜中的自己。

五官透露着疲惫。腈纶面料突显脐下鼓包。我犹豫着要不要换衣服，但我总在人前穿那条套头毛衣裙，所以今天就穿这条直筒连衣裙吧。

走进厨房时，我发现玻璃门很脏，我得在朴大叔回来之前把它擦干净。我打开了收音机。日本首相就与中国签署贸易协定一事发表了讲话。我把河豚放到工作台上，脑海中浮现出母亲的手法。我的手法必须完美无瑕。

这种鱼既没有鳞也没有刺，只有在手掌下嘎吱作响的鱼皮。我把它擦干，用剪刀剪掉鱼鳍，拿起刀，切鱼头。软骨比预想的更厚。我换了一把更重的刀。咔啪一声。刀尖刺穿鱼皮，顺着鱼腹弧线一刀划开，刀刃插进去，就像插入熟透的柿子，内脏露了出来。没有卵巢，公的。我用茶匙把血刮了出来，取出肠子、心和胃，为了避免扎破内脏，要用手指。内脏混着淋巴液，很是滑手。我轻轻取出肝脏，在胆囊连接处切了一刀。肝脏很小。粉红色的布丁。我摇了摇手掌，它也跟着轻轻地颤。然后我用密封袋把它包了起来，扔进了垃圾桶。

　　鱼现在看起来就像泄了气的橡皮球。我洗了洗手，把鱼也冲了冲，给它剥了皮。鱼肉脆弱雪白，好似蒸汽。我用一尘不染的毛巾沾干鱼肉，确保没有血迹后，我开始切片了。用我最好的刀。刀尖轻轻地晃。

一小时后，我完工了。

我把白萝卜擦丝，准备好调料、米醋和酱油，然后选了一个大瓷盘。盘上嵌着珍珠母，一排飞鹤。我把河豚肉摆在上面。那一片片鱼肉如此之薄，看起来像羽毛，勉强比空气更具体。珍珠母图案几近透明。我多希望母亲也能看到这盘菜。

在金阿姨店的那条小巷里,一只小猫向我跑来。我用一只手端着托盘,俯身拍了拍它的头顶。它大声咕噜着,鼻子朝向我的鱼。玻璃般的眼睛。小猫跟着我走了几米,喵喵地叫。

院门是敞开的。我停了下来。雪地上两条细线穿过院子,伴随着一些脚印。这细线从凯朗房间里伸出,从莲池、栗树前经过,来到院门口,然后离远了。

两条线。还有他的脚印。

我看了一会儿。

然后沿着檐廊走向他的房间。

窗帘拉上了。被子，整齐地叠放在床上。房间里还残留着他呼吸的味道。焚香的味道。镜子里，一束光，裹挟着浮尘。那浮尘从天花板上落下，飘，然后沉到写字台上。慢动作般。

写字台上是他那本破旧的布面笔记本。

我把托盘放到地板上，靠近窗户。

奇怪。

我从未注意过窗台上竟有这么多灰尘。我坐在床上。轻轻地。怕把床单弄皱。我听着。耳边的嗡嗡声。越来越轻。光线也越发柔和了，房间的轮廓随之模糊。我看了看那盘河豚。床脚的墨迹。过段时间它就会消失的。

于是我拿起笔记本，打开。

主人公遇到了一只鸟。一只苍鹭。他们站在海岸边，眺望大海，那是冬天。身后是山，积雪下的山。守护一切的山。画格辽阔，边框崩裂。没有词语。鸟似乎年事已高，只有一只脚，银色的羽毛，好美。鸟喙处涌出水，一条河，这河汇入大海。

我一页一页地翻。

画中人物没有年龄，没有面孔，经过时才显露出颜色，说是显露其实也素淡至极，那是他们在湿沙上留下的浅浅脚印。斑驳的黄色和蓝色随意交织在一起，似乎来自一只正在试探轻重的手。那些人一个跟着另一个，迎风步行，慢慢走出了画格，因为海水漫过沙滩，覆过山，溢入天空，没有其他轮廓，没有其他界限，有的只是笔记本的边。这是一处并非真正存在的地方，那种一旦想到就成形，然后迅速消散的地方。像是门槛或过道，在那里，落雪与泡沫相遇,雪花或蒸发,或融入大海。

我继续翻页。

故事开始溶解。在我眼前溶解了,似乎从我指间滑落。鸟闭上了眼睛。纸上只剩蓝色。一页又一页天蓝色的墨。还有这个男人,他在海上,在寒冬中摸索,任凭海浪带着自己走,身后的海沫不那么真切地结成了女人的形状,一侧肩膀,一张肚皮,一个乳房,腰窝,然后继续下降,化作一道笔迹,大腿上的一缕墨,一条又长、又细的

**伤疤,**

毛笔的尖峰

刻在一片鱼鳞上。

Elisa Shua Dusapin
**Hiver à Sokcho**
© Éditions Zoé, 2016.
Simplified Chinese edition © Archipel Press, 2024
Published by arrangement with Agence littéraire Astier-Pécher
ALL RIGHTS RESERVED

图字：09－2024－0315号

**图书在版编目（CIP）数据**

束草的冬天 /（法）埃莉萨·秀雅·迪萨潘著；狄佳译. -- 上海：上海译文出版社，2024.11（2024.12重印）.
ISBN 978-7-5327-9734-9

Ⅰ．I565.45
中国国家版本馆CIP数据核字第2024MK0539号

束草的冬天
［法］埃莉萨·秀雅·迪萨潘　著　狄佳　译
特约策划/彭伦　郭歌　责任编辑/王嘉琳　封面设计/一亩幻想
封面绘画/《宝石11》（布面油画，2020）© 石至莹

上海译文出版社有限公司出版、发行
网址：www.yiwen.com.cn
201101　上海市闵行区号景路159弄B座
苏州市越洋印刷有限公司印刷

开本850×1168　1/32　印张4　字数35,000
2024年11月第1版　2024年12月第3次印刷
印数：11,001—16,000册

ISBN 978-7-5327-9734-9
定价：56.00元

本书中文简体字专有出版权归本社独家所有，非经本社同意不得转载、摘编或复制
如有质量问题，请与承印厂质量科联系。T：0512－68180628